语文教材选篇作家作品
深度阅读系列

国际儿童读物联盟（IBBY）原主席
张明舟 / 主编

幽 / 默 / 精 / 品

慢性子裁缝和急性子顾客

周锐 著

语文教材选篇作家
周锐

浙江教育出版社 · 杭州

图书在版编目（CIP）数据

慢性子裁缝和急性子顾客 / 周锐著. -- 杭州 : 浙江教育出版社, 2023.11
（语文教材选篇作家作品深度阅读系列 / 张明舟主编. 幽默精品）
ISBN 978-7-5722-5847-3

Ⅰ. ①慢… Ⅱ. ①周… Ⅲ. ①童话－作品集－中国－当代 Ⅳ. ①I287.7

中国国家版本馆CIP数据核字(2023)第091955号

责任编辑 鲁 庚　　责任校对 董安涛
美术编辑 曾国兴　　责任印务 曹雨辰
插　　画 安 旭　　封面设计 乐读文化

语文教材选篇作家作品深度阅读系列
幽默精品　慢性子裁缝和急性子顾客
YOUMO JINGPIN　MANXINGZI CAIFENG HE JIXINGZI GUKE
张明舟 主编　周锐 著

出版发行 浙江教育出版社
（杭州市天目山路40号　电话:0571-85170300-80928）
激光照排 杭州兴邦电子印务有限公司
印　　刷 湖北金海印务有限公司
开　　本 890mm×1240mm　1/32
印　　张 5.375
字　　数 107 500
版　　次 2023年11月第1版
印　　次 2023年11月第1次印刷
标准书号 ISBN 978-7-5722-5847-3
定　　价 26.80元

主编的话

阅读是有力量的

阅读是有力量的，特别是课外阅读。这一点我有切身体会。44年前，我还是黑龙江省一个偏远小山村里的一名9岁学童。一个偶然的机会，我用捡拾垃圾换来的2角8分钱，买到了一本故事书——《小种子旅行记》。这本书讲述了一粒小种子立志到地角天边旅行的故事。书中描绘的大好河山和扣人心弦的故事情节深深地吸引了我，正是从这本书开始，我对阅读产生了浓厚的兴趣。由于条件所限，除了经常要到学期结束才能拿到手的语文课本，那时候我能找到的书很少很少。于是我尝试着阅读糊在泥墙上的旧报纸，不懂的地方就问爸爸、哥哥，因此认识了不少字，也了解了小山村外的许多新鲜事物。我对走出小山村，到地角天边去看看的愿望越来越强烈，学习的动力也越来越足。后来，哥哥给我买了《成语词典》等书籍，我被先贤们的外交智慧所折服，悄悄萌生了长大后做外交官的梦想。后来我才意识到，大量的阅读已经使我拥有了强大的自学能力，我越来越发现课外阅读是对课内学习的重要补充，甚至很大程度上弥补了乡村学校教学条件和教师教学水平的不足。一直在小山村读书，缺乏自信心的我，竟然以全县第一名的成绩考入高中，后来又以优异的成绩考入上海外国语大学，毕业后被外交部录用，成了一名职业外交官。2002年开始，我积极参与国际儿童读物联盟（IBBY）工作，支持该国际组织在世界各地的公益项目，并推动其与其他国际组织建立合作关系。2018年，我当选该国际组织主席，成为改革开放以来为数不多的在国际组织担任最高领导人的中国人。在与各国同行交流的过程中，我发现很多人都是因为少年儿童时期的阅读，而养成了良好的阅读和学习习惯并受益终身。

优秀的儿童读物应是既有趣又有营养的。有效率的阅读，更应该是精读和泛读的结合。统编语文教材在知识点的准确性上，特别是在语言和文学两方面综合评估上，对每一篇入选文章都进行了反复考证，体现了编写团队的专业水平和集体智慧。这套“语文教材选篇作家作品深度阅读系列”的每一位作者，都是统编语文教材的选篇作家。翻开孩子们每天相伴的语文课本，就能找到他们的名字。这些作家的作品，囊括了小说、散文、童话、诗歌、科普文章等各种文学体裁。

入选教材的作品都是精品中的精品，然而受课本容量所限，有些文章在收入教材时，篇幅不得不做了删减，在这套书里读者可以找到原作全文；有些课文，其实是系列作品的局部，在这套书里可以找到它的上下文和前后故事；还有些课文，作者著有多篇同体裁、同类型的作品，可以作为课外拓展阅读。学生通过对语文课文的精读，和对语文教材选篇作家系列作品的泛读——对照阅读、大量阅读，既可以更深入地理解课文内容，又可以感受其作品的独特魅力，培养更加敏锐的感受力和表达能力。

当然，除了学生自主阅读，这套书还可以和语文课堂教学配合使用。教师在讲解某一篇课文时，这套书可以作为"资料库"，丰富和拓展课堂教学内容。

让孩子们在课堂上和学习之余，在合适的时间与合适的图书相遇，引导他们从阅读中收获无穷乐趣、吸收无限养分，学会阅读，爱上阅读，成为终身的阅读者和学习者，是这套"语文教材选篇作家作品深度阅读系列"的出版目的，也是出版社和数十位教材选篇作家的共同心愿。

张明舟

2021年11月30日于北京

目录

张家老鼠李家猫

张大妈和李大伯是邻居。

张家有一只老鼠，李家也有一只老鼠。但张大妈不愿别人说她家有老鼠，李大伯也不愿别人说他家有老鼠。

卫生检查组来了。

“当当当！”他们先去敲张家的门，“我们来查老鼠！”

张大妈赶紧小声说：“老鼠，你快钻过墙洞，到李家躲一躲吧。”

老鼠就钻过墙洞，跑到李家去了。

张大妈这才放心地把门打开，对检查组说：“瞧，咱家哪有老鼠!”

检查组在张家没查到老鼠，又去敲李家的门。“当当当!”“我们来查老鼠!”

李大伯赶紧小声说：“老鼠，快跟着你的邻居，躲到张家去吧。”

结果，检查组在李家也没见到老鼠。张家和李家都被评为“灭鼠模范户”。尽管两家的东西被老鼠糟踏掉许多，但能当上“灭鼠模范”，张大妈和李大伯都很高兴。

过了些日子，李大伯的朋友送来一只花猫。张家老鼠刚巧钻过墙洞要来找李家老鼠玩，一下子就被花猫抓住了。

正在这时，

检查组又来查老鼠，他们走进了李家。

李大伯指着花猫抓住的老鼠，赶紧解释说："这老鼠不是我家的，是从张家跑过来的！"

这话被张大妈听见了，她生气了："你家老鼠不也老上我家来吗？"

"你别乱说！"

"你别赖帐！"……

两人吵着嚷着，李家老鼠不知怎么回事，跑出来看热闹，也被花猫抓住了。花猫可不管老鼠是谁家的，啊呜，啊呜，都给咬死了。

睁一只眼闭一只眼

公主对国王说："我太胖了。我不要这么胖！"

国王就叫大臣们想办法。

大臣甲说："让全体人民都胖起来。大家都胖了，公主就不显得胖了。"

大臣乙说："这样要加倍耗费食物。依我之见，不如从字典里拿掉这个'胖'字，也就没有人再

说公主胖了。”

大臣丙说：“字典里的‘胖’字不必拿掉，只要把解释改一改，改成‘胖者美丽也’，公主也就愿意胖了。”

大臣丁的爸爸是开眼镜店的。大臣丁说：“可以向我爸爸定做一种眼镜，能把胖公主看成一点也不胖的公主。给全体国民一人配一副这样的眼镜。”

最后国王征求公主的意见，选择了大臣丁的方案。

从此，无论是谁，无论在什么地方，只要听到公主即将出场的预报，就赶紧戴上这种减肥眼镜……

公主不再为胖苦恼了。她觉得这办法真不错。以前有人劝她少吃奶油蛋糕，少睡懒觉，多活动，至少每天把她所有的房间都走一遍，但她做不到。现在她不用那样“吃苦”了，在每个人眼里，她身上没有多余的肉，他们看到的是最理想的身材。

公主有个弟弟，这位王子却出奇的瘦。

瘦王子同样不愿人家看到他那么瘦。

大臣丁的爸爸的生意又来了，国王又向他定做眼镜。这次的要求反过来了。

仍然一人一副。

现在大家的口袋里有两副眼镜了。

公主来了，戴减肥眼镜。

王子来了，戴增肥眼镜。

要是公主和王子同时出现呢？这就有点麻烦。

大臣丁的聪明爸爸又对眼镜做了改进——在同一副镜架上，左边装上减肥镜片，右边装上增肥镜片。要看公主时，睁左眼闭右眼。要看王子时，睁右眼闭左眼。

这样就方便多了。公主和王子就永远在人们眼里保持着不胖不瘦的形象——只要大家别粗心，别睁错眼闭错眼。

两个王子和一千头大象

国王召来石匠，让他在王宫前雕出一棵芒果树。

国王祈祷着：“天神啊，我不想多活，就让我活到这棵树上的石头果实掉下来的时候吧。”

国王拥有一片富庶的土地，还有两个儿子和一千头大象，他很留恋这一切。

石树雕成了，尽管很坚实，但没有人敢摸一摸它。

碰巧一头大象走过，它对着石树发了一阵呆，然后就伸出那有力的长鼻（它只是出于好奇），“咔嚓”一声……

国王瞧见了掉在地上的石芒果，叹了口气道："我应该说话算数。"于是闭上眼睛倒了下去，很重地发出一声响，死掉了。

两个王子戴着金盔，正和火枪手们撵豹子呢。当他们回到王宫前，看见父亲躺在石芒果树下，便对他喊道："父亲，快站起来！我们打到一只小豹子。在打到它前我们就划算好了，我们要一人做一个豹皮箭袋。如果还能剩下一点料子，我们就给您做个豹皮烟袋。"

国王虽然很想要一个豹皮烟袋，但一个人既然死了，就不能随随便便站起来了。

王子们总算明白发生了什么事。他们很伤心。父亲死得这样匆忙，连一句话都没留下。要是他只有一个儿子，他当然完全可以这样做——但这儿明明有着两位王子殿下呢。将由谁来代替父亲，拥有这王位，这土地，还有那一千头大象呢？

大王子想了个办法，他对弟弟说："咱们轮流做吧。我先当八十年王，然后你再当。"

"我赞成轮流。"小王子说，"不过，哥哥，这一开始的八十年，还是让我来做吧。我想过了，这样你是上算的。我现在当王，只有一千头大象，而八十年后，至少会有两千头大象属于你呢。”

这样的说法当然是有道理的，因为大象会生小象，小象又会长成大象。但大王子想了想又说：“照这样，你的一千头象变成了我的两千头大象；但接下去又轮到你当王了，那我的两千头大象又会变成你的四千头象！不行，还是你上算！”

“哎呀哥哥，再轮下去，你不就有八千头象了吗？”

“不。好弟弟，你给我这八千头，只不过为了以后能得到你那一万六千头，我可不傻！”

他们互相耐心地说服对方。一千头大象站在他们周围。大象和他们一样耐心。

终于，他们停止了互相劝说。他们想出另一个办法——

把一千头大象公平地分成两份，每人拥有五百头。两兄弟各自为王。土地也是一人一半，一把长刀在当中划了道国界。

过了些天，小王子带着火枪手在自己的领地上撵豹子。眼看就要撵上了，枪手们已经瞄得准准的了……突然那豹子跳过了国界，进入大王子的领地。小王子和枪手们只好沮丧地把枪收起。

国界那一边，大王子也看见了豹子。“盯住它，打!”他命令自己的枪手。豹子见势不妙，又往回跑，再一次跃过了国界。

如此轮番表演。小王子和大王子身后，各站着五百头大象。它们默默地观看着这热闹的情景。

豹子学乖了，干脆在国界线上东一扭、西一扭地跳起舞来。这样，两边的枪口便交替着抬起、放下……人们总也来不及开枪。

终于，会跳舞的豹子沿着国界很快就跑得无影无踪了。

国界两边：两个王子一动不动地站着，互相瞪着眼，那分作两堆的大象也一动不动地站着，互相做出只有大象才能领会的微笑。

“我说，哥哥，”小王子发话道，“我们需要一条宽宽的界河，宽得使我的豹子再也不会跳到你那边去。”

大王子说：“看来是要有一条界河，这样你就不会把我的豹子当成你的了，要知道我看见那豹子时，它就在我这一边。”

“你不要争了，就是争到明天，我也不会承认那豹子属于你。不过，”小王子语气缓和了一些，“既然你愿意挖界河，我可以答应让你的五百头大象来干这事。”

“让我的大象挖河？不，好弟弟，是你提的建议，我怎能夺得你的功劳呢？”大王子也很谦虚。

“那么，你的大象先干一天，我的大象再接着干，行了吧？”

“不，你们打头阵更合适些！”

他们开始互相说服。

天黑了，两位王子才最后说定：他们将同时动工挖河。

第二天早晨，两位王子出动了各自所有的大象。国界上象鼻子飞卷，象蹄奔忙，一千头大象又聚到一起干活，别提多起劲了。到傍晚已经挖出一条十丈宽的深沟，明天再修整一下便可完工了。

但一夜过去，兄弟俩来到挖河工地巡视时，不由都吃了一惊。国界上平坦如故，那条深沟不见了！

这边的五百头大象和那边的五百头大象又见面了，大象们和气地打过招呼，快乐地挖起河来。到晚上，十丈宽的深沟挖成了。

又过了一夜，两位王子发现挖出的泥土又回到了原处。“天神啊！这到底是怎么回事？”面对一再发生的奇观，两位王子有些害怕了。

那一千头大象倒很高兴，它们希望伙伴们常来常往，它们不需要宽宽的界河，所以在白天热闹了一番之后，晚上又一齐来把深沟填平，并用四千个石夯般的蹄子把泥土踩得结结实实。

两位王子只好停止挖河。

大象们又被分在两处。它们很不习惯这样，便悄悄地相互走动起来。虽然它们的主人每天都要把它们仔细地数一遍，但这边过去几头，那边也过来几头，只要每边总有五百头象，两位王子也就放心了。

有一次，一头大象在做客时被热情的伙伴们多留了一会儿，这可出了乱子。这边的小王子数来数去，只有四百九十九头大象。

“哼，少掉的那一头象一定在我哥哥那儿。”小王子便来到国界旁，高声呼唤大王子。

这时大王子也数过了大象，听见弟弟叫，便把脸抹了好几下，好让弟弟觉得他并不那么高兴。

“哥哥，”小王子问，“你是不是发现你那儿的大象多了一头？”

“亲爱的弟弟，”大王子装糊涂，“我的母象并没有生小象。”

小王子生气了：“好，如果你坚持这么说，我就要把我所有的大象披挂起来，让我那些拿着长矛的武士骑上它们，向你宣战！直到你答应交出我的那头象。”

大王子说：“我可不愿意打仗，请你再想一想吧。”

“哼，你等着吧！”

小王子便准备起来。四百九十九头大象，得配备四百九十九副铠甲，要挑选四百九十九名武士骑象作战（这当中还得包括他自己）。为了鼓舞士气，还要采下四百九十九颗槟榔果，塞进四百九十九名武士嘴里（当然也包括他自己）。一切准备就绪，小王子又数了一遍他的大象——咦，这次不但不少，反而多出了两头！

原来那头去做客的象又邀回了两位朋友。

小王子连忙跑到大王子面前："亲爱的哥哥，我想过了，打仗多没意思，我不准备打仗了。"

"可是我准备打仗！"大王子板着脸，"不然的话，你是不会把我的两头象交出来的。"大王子说这话完全是将心比心——他得了小王子那一头象时，便没打算把它交出。

"好，打就打吧。"小王子无可奈何地应了战。

他们选了个晴朗的日子。两边的大象不慌不忙地向着国界逼近。

两位王子一声令下，两边的象群迫不及待地冲到了一起。

鼓在敲，号在响，一千头大象随着鼓号声摇头摆尾，婆娑起舞。它们的铠甲在阳光下格外鲜亮，像节日的盛装，它们的步态笨重而猛烈，泥块儿从它们脚下不断溅起，像泼水节银盆中洒出的吉祥雨。

这情景把双方的将士一下子弄糊涂了。他们互相询问："也许我听错了命令了，今天咱们是来当仪仗队的吧？”

“很可能，像在搞喜庆联欢呢。”

在这种场合，按古老的习俗，应该向对方的象头上抛撒茶花。于是将士们跳下象背，跑向原野，用头盔盛茶花去了。

鼓在敲，号在响，一千头大象摩肩接踵，亲密无比。

大王子和小王子目瞪口呆。但他们想：“既然开了战，好歹总要打一阵吧。”于是士兵们举着那又长又重的兵器交起锋来。

就这样，上面打仗，下面联欢。

不一会儿工夫，两位王子便打累了。但大象们还没玩够呢，它们亲昵地、动人地踏着象的节拍，在茶花的芳香中，更狂热地跳着，舞着……

草地上的空罐头

森林里一块可爱的绿草地上，除了长着绿绿的草，还有一些小野花。

可是这一天，突然有个空饮料罐头大模大样地躺在绿草地上，怎么看都不顺眼。

猴子说：“这么好的草地，弄得不像样子了！这是人干的，他们最不爱干净。”

猴子捡起罐头狠狠地扔了出去——

罐头飞呀飞，最后“咚”地一声，砸到野猪的头上。

野猪说："怎么能乱扔废品？还好我的皮厚。"

为了别人的脑袋再不会被这罐头打到，野猪用他的两颗长牙挖了个坑，把罐头埋了起来。

住在地底下的鼹鼠正要上来换气，发现通道被堵住了。

鼹鼠很生气地说："怎么能把自己不喜欢的东西往土里埋，也不管人家喜欢不喜欢！"

鼹鼠又把罐头挖出来，用脑袋一拱——

罐头"骨碌骨碌"滚开去。滚到兔子家门口。

兔子飞起一脚："去你的！"

罐头落到一个鸟窝里。

鸟爸爸动作快，一下子接住，没让罐头砸伤孩子们。

鸟妈妈问鸟爸爸："是给咱孩子送吃的来了吧？"

鸟爸爸啄啄罐头："空空，空空！"

鸟妈妈不明白："为什么送个不能吃的废品来呢？"

鸟爸爸又把罐头推了下去。

鸟窝下面有条小溪。罐头掉到小溪里，跟着小溪向前淌，向前漂。

小溪流着流着，变成一条小河。

河边有一对乌龟兄弟。

乌龟哥哥对乌龟弟弟说："瞧，河里漂来个好东西。"

乌龟弟弟说："不，这是废品，和我一样。"乌龟弟弟瘸了腿，哪儿也不能去。

乌龟哥哥把罐头捞到岸边，让弟弟趴在罐头上面。

“我们的旅行要开始了。你瞧，你不是废品，它也不是废品。”

他们向着大江、向着大海出发了。

当这红色的空罐头不再是废品时，看起来还是挺漂亮的。

大鼻涕龙和小鼻涕龙

龙的世界里有很多龙。

有一头龙，小时候老是流鼻涕，大家就叫他鼻涕龙。

鼻涕龙长大了，还老是流鼻涕。他可以不流鼻涕的，但他想："我的名字就叫鼻涕龙，我怎么能不流鼻涕呢？"

后来鼻涕龙有了一个儿子。他挺高兴，他叫儿子"小鼻涕龙"，他自己就成了大鼻涕龙。

不过，让大鼻涕龙纳闷的是，小鼻涕龙别的地方都很像他，就是不喜欢流鼻涕。

大鼻涕龙想："会不会这孩子有什么病？"

大鼻涕龙就带着小鼻涕龙去医生那儿。

医生也是龙。龙医生问大鼻涕龙：“你的孩子哪里不舒服？”

大鼻涕龙说：“他没有不舒服，就是从来不流鼻涕。”

医生说：“受凉伤风才会流鼻涕。不流鼻涕不算什么病啊。”

大鼻涕龙只好再把小鼻涕龙带回家去。

但他仍然在为小鼻涕龙的名不副实而苦恼着。

走到街上的时候，他会悄悄观察别的小龙。

一看到流着鼻涕的小龙，他就觉得特别亲切。

他忽然想到：“会不会这个流鼻涕的小龙才是我的亲生儿子？会不会生孩子的时候搞错了？”

大鼻涕龙又去找医生，把自己的猜疑告诉医生。

医生想了想：“也有可能的。如果两个龙妈妈同时生孩了，而产房里只有一个接生的龙婆，她手忙脚乱就会出差错。”

“那，到底出了错还是没出错，现在还能有办法知道吗？”

“有，可以做个亲子鉴定。”

“怎么做？”

医生吩咐大鼻涕龙："提供你和你儿子的鼻涕各一滴，让我来化验。如果验出是阳性，这孩子就是你亲生的。如果是阴性，这孩子就是别人生的了。"

但大鼻涕龙为难道："要我的鼻涕，要多少有多少。可我从来没有看到过我儿子的鼻涕。"

医生找出一小瓶药水递给大鼻涕龙。

他说："这是'两用滴鼻液'。流鼻涕的滴了它就没鼻涕了，没鼻涕的滴了它就流鼻涕了。"

大鼻涕龙拿着滴鼻液回了家。

晚上，等小鼻涕龙睡熟了，大鼻涕龙悄悄把药水滴进儿子的鼻孔。

小鼻涕龙觉得鼻子痒痒的，忍不住打了个喷嚏。

这个喷嚏把滴鼻药水又喷进大鼻涕龙的鼻孔里。

药到病除，大鼻涕龙的鼻涕"嗖"地缩了回去。

但这药水有副作用，会造成暂时昏迷。

大鼻涕龙两眼一翻，"咚"地倒在地上。

不知过了多长时间，大鼻涕龙听见一声又一声的哭喊——"爸爸！爸爸！你怎么了？"

他感到脸上湿湿的，一些液体不停地洒落下来。

大鼻涕龙睁开眼睛，看见他的小鼻涕龙哭得一把眼泪一把鼻涕。

看来小鼻涕龙不是没有鼻涕，而是以前没到用鼻涕的时候。

大鼻涕龙跳起来一把抱住儿子："我的小鼻涕龙！"

不好看的书

一个小外星人来到地球，在街上走着。

一个摄影家看见小外星人，很高兴。因为他想参加奇形怪状摄影大奖赛，找到的人和东西却既不奇也不怪。这下好了！

“喂，小先生，”摄影家招呼小外星人，“你能让我拍张照吗？”

小外星人不愿意让别人拍照。

“我不会让你白照的。”摄影家掏出一沓钞票，“照好了，这个归你。”

小外星人看到钞票，动心了，他想："这是一本地球人的图画书，一定很有趣的。"

他乖乖地让人家拍了照，得了钞票。

钞票上的人头和数字是外星人从没有见过的。他津津有味地看过第一张，又翻到第二张。

怎么搞的，第二张的图画跟第一张一模一样？

他又往下翻，都是一样，一样……地球人的"书"真没意思。

小外星人正要扔掉这沓钞票，看见有个大人带着个孩子，孩子一边走一边看着本图画书。小外星人的眼睛睁大了——那孩子一张一张地翻过去，每一张都不一样！

小外星人说：“还是你们的书好看。”

那大人看了看小外星人手里的钞票，说：“你的‘书’更好看。这种‘书’越厚越好看。”

“那，你肯不肯跟我换？”小外星人把厚厚的一沓钞票递过去。

大人愣了愣，接过钞票，对着太阳仔细照了照。“嗯，是真的。——儿子，咱跟他换！”

可孩子抱紧他心爱的书。

“别傻啦！”大人一把将书夺下，和小外星人换了钞票，拉了孩子就走。

小外星人站在那里，笑了一下，“到底谁傻？”

他马上打开图画书，一张一张地翻看不同样的图画。

在兴拔河的地方

力力国兴拔河。他们嫌讨论、说服太烦人，有什么事情都靠拔河决定，谁赢了就听谁的，多省事，多痛快。比方说老师见学生在课桌上刻字，他并不搬出什么“要爱护公物”的大道理，而是很干脆地对学生说：“来拔河吧，要是你输了，以后就别再这样干啦。”尽管学生使出了吃奶的力气，可是没一个能拔得过老师的，只好照老师说的办了。过了一些时候，学生们想了个办法，他们约齐了20个人，同时对着课桌动起了小刀。走进教室的老师顿时目瞪口呆。20个学生齐声对他说：“来拔河吧，要是你输了，以后就随便我们怎样干吧！”虽然老师脱得只剩下背心、短裤，可他到底还是拼不过20个学生。他输了，再也管不了这些学生了。

拔河决定一切。教室每天需要打扫，谁来干？男生叫女生干，女生叫男生干，于是男生便建议拔河，比赛的结果还用说吗？尽管女生比男生还多两三个人，可她们总是一败涂地，谁叫男孩子有那么一股蛮劲呢。

于是打扫教室的活儿不得不由女生包下来，直到又新来了个女生。这个女生叫阿哦，是从理理国转学来的。她见到这情景很惊奇。

“来试试吧！”男生们把拔河的绳子扔在阿哦面前。

“女生再加你一个，照样不在话下！”

阿哦站到女生队伍后面，用力拉住绳子。“一、二、三！”哎呀，女生们果然又输了。

男生们欢呼着，背起书包要回家了。“你们别走，”阿哦叫住他们，“该你们打扫教室啦。”

“咦？”男生们好奇怪，“我们赢了呀。”

阿哦说：“你们赢了，证明你们力气大。力气大的人应该比力气小的人多干一些才对，我说的在理吧？”

男生们张大了嘴，谁也没法反驳阿哦。他们没理，即使有理他们也早就不习惯说理了。

愣了好一会儿，才有一个男生站出来说：“我们承认，力气大的应该比力气小的多干活。可是一开始你没说清楚，所以刚才不算，咱们再比一次吧。”

“你们真会耍赖！”女生们叫起来，不过她们还是同意了，“再比就再比，反正你们的力气肯定比我们大。”

第二次拔河比赛开始了。这一回，男生们虽然“哇啦哇啦”地喊着号子，却都是装空架子，他们才不想比赢了去扫地呢。“好哇，”女生们心想，“假使劲，我们也会！”双方就这样僵持着，谁都没把对方拉过来一寸……

“咕噜噜！咕噜咕噜！”有一种声音从大家的肚子里

传出来，当人很饿的时候才会有这种声音的。

“刷刷刷！”男生们的背后又响起一种声音。男生们回头看——是阿哦在用扫帚扫地。

阿哦招呼说：“别拔河啦，大家齐动手，一会儿就干完啦，不比这样拉着绳子挨饿强？”

男生们一想：这话真在理！

就这样，在兴拔河的地方，一个女生战胜了一大群男生，但她并不靠拔河！

观战的女孩

这是个（在体育上）很全能的男孩。他经常参加各种比赛，赢得多，输得少。

有一次，他在比赛投掷，是铅球？标枪？手榴弹？记不清楚了。他记得最清楚的是，他一使劲，将那铅球或标枪或手榴弹投出去时，忽然听见一声尖叫。

他赶紧回头看观众席，一个女孩站起来，对他露出牙齿笑着。

他下一次投掷时，成绩远远超过所有对手，得了冠军。

后来，比赛跳高，他又听到女孩的尖叫，又得了冠军。

比赛飞镖时，没有尖叫声，他输了。

他以为是偶然的，没怎么往心里去。但柔道比赛时还是没有尖叫，他又输了。

男孩想了又想，就找到那女孩，嘱咐她每次都要来看他的比赛。他承认她的尖叫和他的胜利有关系。

女孩答应每次都来，并解释说，上两次她也来了

的，只是正赶上扁桃体发炎，就没叫。

从此，不管是在大西洋比冲浪，还是在南极圈比滑雪，女孩每赛必到，男孩每赛必赢。

马拉松比赛时，女孩骑马；赛马时，女孩骑摩托；赛摩托时，女孩只好雇了一架直升机——反正一定要让男孩听到她的尖叫。

但在一次游泳大赛上，男孩和女孩闹翻了。

“各就各位——”裁判举起发令枪。

男孩在弓下腰来的一刹那，朝女孩的座位上扫了一眼——怎么？她哪儿去了？

男孩要裁判慢点开枪。裁判不肯。男孩要裁判等一等，裁判就是不肯。

“啪！”

比赛立即开始，很快结束了，只用了几十秒钟。

女孩摇摇摆摆走回来，遇上男孩恨恨的眼神。

“你去哪了？”

“口香糖吃完了。”她买口香糖去了。

那个座位上不能没有女孩。但女孩的嘴里不能没有口香糖。

女孩叫男孩不要眼神老是恨恨的，否则她要生气了。

后来她就真的生气了。

男孩接着要去罗马参加击剑赛。

他浑身没劲地走进赛场……又浑身没劲地走出赛场。一直走回女孩身边。

女孩见他这样，问："输了？"

他摇摇头。

"那就是赢了？"

还是摇头。

男孩说："我们打平了。因为，他那边的女孩不知怎么也生气了。"

女孩忍不住大笑起来……

她好几次觉得差不多了，想停下来，但停不下来。

看她这样笑，男孩感到他像一个气球一点一点又鼓了起来，没错，他又能赢了。

用奖杯吃饭的餐厅

我跨进这家新开张的“冠军餐厅”，立刻有个男青年迎上前来向我微笑。我猜想他是餐厅的侍者，但他打扮得像个足球场上的巡边员，用手里的小旗给我指了个方向：“请先去更衣。”

尽管我在想：“去更衣干什么？我又不是来游泳的。”但好奇心还是驱使我进了更衣室。这里挂着各种各样的运动服装：击剑衫、滑雪衫、体操服、日本柔道服……我原想换上背后有降落伞的跳伞服，但又嫌累赘，最终穿了一套袖子上有白杠的排球服。

所有坐在餐桌旁的顾客全都穿着自己挑选的运动服。

我在靠近柜台处找了个座位，裁判模样的女服务员马上跑过来问："您选择哪一项？"

"哪一项？"我不知道怎么说才好，看了看柜台里，见面包被做成了拳击手套的形状，蛋糕很像举重用的杠铃，便答道："我选择'举重'和'拳击'，另外我想喝

点土豆汤……”

“您指的是‘水上芭蕾’吧？”女服务员提醒我。

“噢，对！”这名称美妙极了。

女服务员很快给我端来面包、蛋糕和汤，盛汤的竟是一只奖杯！

我扭头瞧了瞧别的餐桌，盛汤的杯子全都做成了奖杯模样。

我正惊奇，忽见女服务员掏出了手枪，吓得我一哆嗦！

“别怕，”她解释道，“这是发令枪。”她随即高喊起来：“各就各位，预备——”大家紧张地把嘴凑近奖杯。“啪！”枪响了。

我匆忙地喝汤，嘴唇烫起了一个泡。

“为什么要搞这一套？”我恼怒地问女服务员。

“您去问经理吧。”她往高处一指。

经理坐在一把大花伞下。他戴着墨镜，身上披一块大毛巾——这是游泳池救生员的装束。真怪，难道顾客们会掉进汤里，要他来救？

“瞧，我就是要造成这种努力夺标的气氛。”经理对我说，“人们崇拜冠军，并希望自己也能在竞赛中取胜，我这个‘冠军餐厅’正是想大家所想。您难道不想当冠军吗？”

“当然想。”

“用响当当、明晃晃的奖杯吃饭，这有助于您建立必胜的信心呀。”

我歪着脑袋琢磨了一下：“也许真是这样？”

此后我几乎天天光顾冠军餐厅，直到觉得自己已经积累了足够的信心，我就去参加了一个全城范围的运动会。我选择了拳击这一项，因为我很熟悉这项运动——我已经吞下了无数只“拳击手套”面包。

在运动场上，我遇到了所有的冠军餐厅的顾客，我们互相热情而自信地打着招呼。

不幸，我被对手击倒了，直到颁奖时还没爬起来。但我还能睁开肿得只剩一条缝的眼皮，打量一下站在领奖台上的冠军们——奇怪，在用奖杯吃饭的餐厅里，从没见过这些人呀？……

冰箱里的教练们

这是一批世界上最出色的体育教练，他们自觉自愿地钻进了一个大冰箱。

原来，国际教练协会刚开了一个研讨会，研讨题目是：100年后的体育运动水平，将超过现在呢，还是不如现在?

一部分教练说："会超过现在的，一代更比一代强嘛。"

另一部分教练却直撇嘴，他们认为：破世界纪录的人将越来越少，因为现在的水平已经差不多到顶了。

“再说，那时候不会再有像现在这样出色的教练了。”他们断定。

研讨会没争出结果。会后，这些撇嘴的教练聚到一起，商量道：“我们不能这样撇撇嘴就算了，作为著名教练，我们也要对未来的体育运动负责呀。”

他们请冰箱厂特制了一个大冰箱。他们决定将自己冷藏100年，等到出来时还可以保持精力充沛，为100年后的体育运动再作贡献。

根据各人的体型，他们选择了各自在冰箱中的位置，矮而胖的坐到放鸡蛋的圆窝儿里，细高个儿像汽水瓶那样站成一排……他们把定时升温开关拨到“100年”的刻度上，然后合力拉上了密闭的铁门。

他们各自做了一个长而又长、长得有点无聊的梦。终于有一天，他们在温暖中醒来。“砰！”冰箱门自动弹开，阳光刺眼。他们抖一抖身上的霜花，从各自的位置跳出来。

100年后的世界使100年前的人们眼花缭乱。但他们的责任心提醒他们：先别光顾着观赏市容，“到体育馆去!”他们异口同声地喊道。

随着这喊声，他们脚下的人行道突然移动起来。这

是一种声控自动人行道，它很快把教练们送到一座超级体育馆前。

这体育馆设有许多分馆。篮球馆内正在进行国际比赛，“进去瞧瞧!”篮球教练来劲了。

跟100年前不同，那时候篮球场上尽是大个子，可眼前的双方队员的身高竟只有1米7、1米6左右，个别队员还不到1米5。

100年前的篮球教练摇了摇头，他找来如今的教练，对他说：“要注意挑选高个儿队员，‘空中优势’很重要。我们那时候，两米以上的队员多的是呢。”

“谢谢前辈指导，”场上教练笑着解释说，“可是如今改了比赛规则。为了鼓励技术的发挥，防止靠身高占便宜的现象，我们现在规定：同样投进一个球，矮个儿队员比高个儿队员多计分，越矮分越高，所以……”

篮球前辈目瞪口呆了。

“其他运动也有了一些改进，现在正同时进行拳击比赛……”

不等那教练说完，拳击教练忙催伙伴们赶到拳击馆。

一座拳击台，用绳栏围着，看起来还跟一百年前一个样。两名选手你来我往地较量着。忽然，穿红背心的选手“嘻”地笑了一声。

100年前的教练忍不住喊出来：“严肃一点！嘻嘻哈哈会影响斗志！”

这时那红背心又笑了一声，教练们这才发觉，原来是他的对手蓝背心胳肢了他一下。

“犯规！”100年前的教练又喊。

“别乱喊。”裁判说，“并没犯规呀。进攻手段应该灵活多变，互相挠痒痒是许可的。老实说，不怕痒的人还无法取得参赛资格呢。”

“这像什么话?!”拳击教练独自喃喃着。

游泳教练又把大伙儿带到游泳池。

“这也不像话！”游泳教练指着各泳道选手的身后——他们并不赤脚，而像溜冰运动员那样在脚上绑着东西。这是各式各样的机械推进器，有螺旋桨式的，有喷气式的……

游泳教练气呼呼地指着第一个爬上来的选手说：“你赢得并不光彩！”

“有什么不光彩的?”那选手理直气壮地反驳，“这推进器是我自己设计制作的，就跟航模运动员做航模一样，凭的是智力。我得冠军靠的是体力加智力，难道不比以前光靠体力的运动员光彩一些吗?”

游泳教练被驳得无话可说。

这时跳高教练“哼”一声,“这么说,也许跳高运动员的脚底要装上火箭了。”

他们又来到跳高场地。

跳高教练看了看电子显示屏,惊讶地叫起来:“现在的跳高世界纪录只达到1.6米?不对吧?我们那时候已经超过2.4米了呀。”

负责摆跳高横杆的工作人员告诉教练道:“原来的世界纪录已接近极限,为了提高大家对这一运动的兴趣,规定起跳时要双脚并拢,这样有了新的难度,也就产生了新的纪录。”

自行车比赛也是如此,选手们往后蹬车,屁股朝着终点。

象棋比赛呢,将和帅是从来不能走出城圈的,可是现在给了将和帅出城的自由,这样就很不容易被“将”死啦。

这都是一百年前的老教练们想象不到的事。

而且,又有些新的运动项目被正式列入国际比赛。比如“斗鸡”,这原是小孩子闹着玩的把戏,抱着一条腿撞来撞去的，现在却得到了国际奥委会的认可。

还有一种笑的比赛，跟健美比赛差不多。要求笑得美，笑得自然，笑得适度，笑得悦耳。选手们还得知道什么该笑，什么不该笑。裁判跌了一跤，好几个选手都笑了，他们被扣了分。而当裁判提出：“请想象一下自己现在已经得了冠军……”有一个选手没像别人那样笑出来，他被扣了分。

老教练们奇怪地问：“为什么要扣他分？他表现得挺谦虚嘛。”

裁判回答：“我们认为，一个人有权为自己取得的成绩自豪，而且他没必要掩饰这种自豪的心情。”

老教练们听了这话，虽然还有自己的想法，但他们也笑了，为了这敢做敢笑的新一代人。

老教练们商量了一会儿，又一齐钻进那大冰箱，又把定时升温开关拨到“100年”的刻度上——他们充满兴趣地等待着下一次，那“砰”的一声，那刺眼的阳光……

JQKA号轮船

有一家轮船公司在联合国大厦成立了——所以你不用奇怪，这公司的合伙人来自世界各地。当然，他们是志同道合的，他们要亲自驾驶着公司买下的一条大轮船，去开始一场让人一想起来就激动的环球旅行。

启航前，他们开了一个会，决定人员分工，还有，给他们的船起个好名字。

船上的各种职务中，船长是最令人神往的。船朝哪儿开，船长说了算。谁都愿意当船长。为了使大家机会均等，心平气和，他们想出了这样的好法子——拿出一副扑克牌，在每张牌面上标出各种岗位，比如：方块3，水手长；红桃5，二管轮；梅花9，舵工；黑桃7，厨子……然后洗好牌大家来抓，谁抓着什么就干什么（54张牌54个岗位，为此他们没有接纳第55个伙伴）。抓着那张“大王”运气最好，因为那就是船长了。这次当不上船长也不要紧，每过一个月就要重新抓一次牌，也就是说，每个伙伴都有当船长的希望。至于船名，大家认

为应该体现我们自己的特点，经再三推敲，决定采用扑克牌中的四个字母，就叫JQKA号吧。

JQKA号的第一任船长是个英国人，他从来没到过日本，所以他下令："目标——神户港，起锚，前进!"

然而从美国到日本实在太遥远了，一个月很快就要过去，可全部航程只走了一半。第二次抓牌在浩淼无垠的大洋上如期进行。英国人的运气真好，他又抓到了"大王"，没话说，英国人连任JQKA号船长。于是，轮船继续向日本驶去。

终于，在第二个月结束前的那天清晨，JQKA号抵达神户港外。船长立即向当地海关发报：JQKA号急待进港，请派领航员来。

他们等了整整一天，到了深夜才接到回电，海关方面表示十分为难：我们一向是根据外轮的船籍来派遣领航员的，对法国籍的船派懂法语的去，对德国籍的船派懂德语的去……还从未接触过像贵轮船这样的联合国籍的船，所以正在物色通晓多种语言的全能领航员，请略等数日……

船长马上吩咐报务员："跟他们说，来个懂英语的就行了!"

谁知报务员笑着对他说："我不再是干这个的了。等一会，说不定轮到我命令您发报呢。"英国人这才意识到，零点已过。伙伴们聚拢过来，那副决定命运的扑克牌第三次被取出来。

抓牌的结果：那个报务员果真当上了船长；而原来的船长这次抓了个黑桃2——正是报务员！

新船长心里别提多高兴了。这真是时来运转，运气这东西就是这样突然地给人带来快乐。他是日本人，当然不愿在有权驾驭JQKA号的一个月里逗留在熟悉的本土。他梦魂萦绕的地方是非洲，那儿有个象牙海岸，想想吧，在海岸上能捡到象牙……

"报务员！"新船长兴奋地嚷道，并把手里的报文记录本和铅笔头塞给英国人，"立即向海关发报：找到那个全能领航员后，请告诉他，我们不需要他的全能了。象牙海岸在等待着JQKA号！"

"是！"

不过，JQKA号在没到达非洲之前，又把船头转向了澳洲，因为第三任船长对澳大利亚的袋鼠更感兴趣些……

直到现在，JQKA号已经开航若干年了，仍然这样东游西荡地漂浮在大洋中。

联合国的运输机及时地送来一切必需品，使他们充满憧憬的旅行得以长久地持续下去。有些改变的是，大家越来越急躁了，一个月抓一次牌已经等不及了，于是章程被一次次修正：十天抓一次牌；七天抓一次；三天；最后是一天。

这样，JQKA号在大洋上的旋转半径也就越来越小，如果在月球上举起望远镜，恐怕会把它当成一座礁石。但它确实在不断行驶着。

希望是存在的。机会是均等的。啊，JQKA号轮船。

慢性子裁缝和急性子顾客

故事发生在冬天。裁缝店里走进一位顾客。

顾客把一卷布料放到桌上，对裁缝说："我想做件棉袄。我已经跑了三家裁缝店了。第一家说要到秋天才能做好。第二家问我有没有等到夏天的耐心。数第三位师傅强些，但他最早也要到开春才能交货。我可等不及，都没让他们做。告诉您，我和别的顾客不一样，我是个性子最急的顾客。请问师傅，您准备让我什么时候来取衣服——秋天？夏天？春天？……"

"不，"裁缝说，"就在冬天。"

顾客好高兴！

裁缝又补充一句："不过，我指的是明年冬天。"

顾客"噌"的一下子跳起来："这么慢啊！"

裁缝说："您要知道，我和别的裁缝不一样，我是个性子最慢的裁缝呀。"

"那就算啦，我还是去找刚才的师傅吧。"顾客夹起布料就要走。

"别走，"裁缝把顾客叫住，"我知道您是个急性子。依我看，我做的活儿最适合您这种性子的顾客啦。"

急性子顾客挺纳闷，裁缝说："照您的性子，您肯定会一拿到衣服就穿在身上，不是吗？"

顾客说："那当然。我可不耐烦把新衣服藏在箱子里。"

裁缝说："那么，您要是在别的季节拿到新棉袄，也不得不由着性子穿上。可是您无论在秋天、夏天还是春天穿上棉袄，人家都会笑话您的。我呢，决不会让人笑话您，非但如此，在您穿上我做的美观大方的新棉袄的时候，大家还会围着您直夸奖，甚至羡慕您呢。"

这位顾客歪着头想了想，不得不承认裁缝说得有道理。于是，做衣服的事儿就算说定了。

不料，这位顾客第二天又跑到裁缝店来，说："我不做棉袄了！”

裁缝问：“怎么啦？”

“等到明年冬天，时间实在太长啦。”顾客提出，“把我那棉袄里的棉花拽掉，改成夹袄，让我提前在秋天就能穿上合时的新衣服吧。”

“不要棉花了，行啊。”裁缝答应了，“为您服务，没

得说!”

顾客满意地走了。可是第三天他又来了。

“师傅，把我那夹袄的袖子剪去一截，改成夏天能穿的短袖衬衫吧，我实在等不及了。”

裁缝点点头：“剪袖子，只要‘咔嚓’‘咔嚓’两剪子，好办得很，没问题。”

又过了一天，那顾客再来的时候，裁缝笑着问他：“怎么，您那件短袖衬衫还能改成什么?”

顾客说：“对不起，麻烦您再给我改成春装吧。袖子嘛，把上次剪下来的再接上去就是啦。”

裁缝这回摇头了：“接上去的袖子多难看呀。”

“那您别管，只要能让我早些在春天穿上。您别忘了，我可是个急性子顾客呀。”

裁缝说：“亲爱的顾客，我要对您负责。我不会让您穿上这样难看的衣裳，这也坏了我的名声呀。”

顾客泄气了。但裁缝又拍拍他的肩说：“您放心，凭我的手艺，不用接袖子也能给您做出一件最漂亮的春装。”

顾客感动极了：“那太谢谢啦。您真的不用接袖子?”

“根本不用。”裁缝解释说，“因为您的布在我的柜子里搁着，我还没开始裁料呢。”

顾客惊讶、恼怒地瞪大了眼睛！

“您可别忘了，”裁缝提醒他说，“我是个慢性子裁缝呀。”

理发狮和被理发狮

老狮子有九个孩子，都长大了。

老狮子问孩子们："你们想干什么工作？"

老大说："我想去教学生，当教狮。"

老二说："我想去烧菜，当厨狮。"

老三说："我想去造机器，当工程狮。"

老四说："我要去盖房子，当建筑狮。"

老五愿意替别人治病，想当医狮。

老六很会算账，适合当会计狮。

老七喜欢变戏法，要当个戴高帽的魔术狮。

老八说："狮子们的头发乱蓬蓬的挺难看，我来当个理发狮吧。"

最小的老九把脑袋抓了又抓，"嗯，我还没想好呢。反正，我要干的工作，是谁都没干过的，又是大家最需要的。"

第二天，教狮教学生去了。厨狮烧菜去了。工程狮造机器去了。建筑狮盖房子去了。医狮治病去了。会计狮算账去了。魔术狮戴上高帽变戏法去了。

理发狮准备好梳子、剪子、刀子、镜子，还有一把会转的椅子，等狮子们来找他理发。

狮子城里还从没有过理发狮。所以理发店前一下子来了100头狮子。

理发狮连忙招呼大家："别挤，别挤，排好队，一个一个来。"

可他发现大家不是朝前挤，而是朝后挤。"要是理不好，比不理还难看呢，还是让别人先试试吧。"大家都这样想。

结果谁都不敢第一个坐到那会转的椅子上。

100头狮子都走掉了，只有一头狮子还站在理发店门口，他就是理发狮的弟弟老九。

老九说："我知道我该干什么了。你当理发狮，我就来当被理发狮吧。"

被理发狮干的工作就是被人家理发。这也是很不容易的。因为老八从没替别人理过发，所以老九的头被剃得要多难看有多难看。但老九不怕难看，还是一次又一次地把头交给老八剃，用自己的头把老八的手艺练得越来越好……

等到理发店门外真的排起很长的队时，老九才不当被理发狮了。

他还要找个新工作，还像那样——是谁都没干过的，又是大家最需要的。

扣子老三

小女孩的一件红衣服上，有四颗红扣子，很漂亮的四颗红扣子。

它们自己给自己起了名字，比方说，扣子老三就是从上往下数的第三颗扣子。不过，有时候扣子老四会觉得委屈，会提议：“应该从最底下往上数！”这时候扣子老三便成了扣子老二了。但喜欢从上往下数的人总要多些，所以我们还是把我们的主人公叫做扣子老三吧。

有一天，小女孩穿上这件有着四颗红扣子的红衣服，乘公共汽车去看姥姥。车上特别挤。临下车的时候，小女孩的四颗红扣子被挤掉了一颗，也不知怎么挤的，偏偏把当中的扣子老三挤掉了。

小女孩没发觉掉了扣子，她自己下了车，留下扣子老三被乘客们踩来踩去。

又过了好几站，才有一个小男孩发现了扣子老三，把它捡起来交给售票员阿姨。售票员阿姨举着扣子大声嚷："谁掉了扣子？"乘客们把自己的扣子一颗一颗数了一遍。谁都没有应声，也就是说，谁都没掉扣子。"没人要吗？"售票员说完，顺手将扣子朝窗外一扔。

我们可怜的扣子老三，身不由己地一飞，"咚"，掉进一个黑水潭。旁边传来老大妈的吆喝声："卖五香茶叶蛋！"原来这不是黑水潭，是浸着茶叶蛋的一锅卤水。这卤水里有盐，有糖，有酱油，还有别的一些佐料，浸得扣子老三浑身难受。而且卖茶叶蛋的老大妈舍不得经常换卤水，扣子老三在锅底足足浸了两个星期，直到老大妈改行卖烧鸡了，它才同卤水一起被泼到地上。这时您瞧吧，茶叶蛋是什么颜色，我们的扣子老三就是什么颜色了。

借着这一泼之力，扣子老三滚开去了。但滚了没多远，被篾席上的一大摊圆溜溜、红彤彤的东西挡住了。

醋

这是晒着的枣儿。又是一位老大妈的声音从屋里传出来："孩子，妈妈正揉面呢，马上给你蒸枣糕吃。"

天哪，如果这位老大妈眼神不太好，扣子老三很可能会被当作枣儿，被嵌进面团，再去热得发昏的大蒸笼里挨上一阵子。

正在这时，飞来两只鸟儿。它们一个是鸟爸爸，一个是鸟妈妈，它们要为孩子找点吃的。

鸟妈妈很快发现了枣子，说声："准备降落！"

鸟爸爸应道："明白！"

鸟妈妈又叮嘱一句："好好瞧着，我怎么做，你也怎么做。"

"明白！"

因为鸟爸爸干家务事不怎么在行，所以要听鸟妈妈的指挥。

鸟妈妈拣了一颗鲜艳饱满的大枣子衔在嘴里。

鸟爸爸拣了一颗更大的——这就是我们的扣子老三。前面说过了，鸟爸爸干家务稀里湖涂，但倒是挺愿意出力气的。

等到飞到鸟窝，鸟妈妈立刻觉察到鸟爸爸的错误，它扑过来啄了一下硬邦邦的扣子老三，便劈头盖脑地数落起鸟爸爸："瞧你干的事！瞧你干的事！我嫁给你算倒了八辈子霉了！这能吃吗？这能吃吗？"

鸟妈妈见鸟爸爸一声不吭，又埋怨扣子老三说："你也是的，为什么要冒充枣子，让我们上当呢？"

扣子老三说："我并不想被人当成枣子。也许我已经不像个扣子了，可这不是我的错儿。"

扣子老三便把自己的不幸遭遇诉说了一遍。

鸟爸爸和鸟妈妈一齐流下了同情的眼泪（说得更准确一些，鸟爸爸的眼泪在眼眶里等了一会儿，等到鸟妈妈的眼泪也准备好了，这才一齐流下来）。

"可怜的扣子！"鸟妈妈说，"我们可以收留你，你愿意给我们的孩子当个玩意儿吗？"

"穿根线儿，挂在脖子上，怪好看的。"鸟爸爸说。

"不。"扣子老三不同意。

"那么，你还是希望当个扣子？好吧。"鸟妈妈点点头，"不过，只有人类才需要扣子。"

"是的，"鸟爸爸补充说，"需要扣子是因为他们要穿一件又一件的衣服：要穿衣服是因为他们没有羽毛……"

"行了行了！"鸟妈妈"呼"的一下飞向空中，并叫鸟爸爸衔起扣子老三跟在后面。

它们来到街市上空，它们找了一个“目标”。

“瞄准!”鸟妈妈下令。

“唔哎!”鸟爸爸是想说“明白”，却被嘴里的扣子弄得说不明白。

一个小伙子“咚咚咚”地大步走来，忽然觉得有样东西从后面掉进衣领，凉冰冰的，直顺着脊梁滑下去。他吓了一跳，伸手一掏，“哦，是你呀。我的工作裤正好差一个扣子呢。”

瞧小伙子逛大街时浑身的漂亮劲儿，扣子老三怎么也想不到他的工作裤会是这样脏得叫人难受。

扣子老三被缝到工作裤的一根背带上。另一根背带上缝着个黑扣子。它们很快就认识了。

黑扣子说：“在这儿可不分什么老三、老四，咱俩平起平坐。我叫阿黑，你就叫阿红吧。”

扣子老三说：“叫什么名字没关系。可是这裤子上哪来这么多油呢？真恶心。”

阿黑说：“你怎么啦？当一个扣子就是要同油泥打交道的呀。”

扣子老三说：“不，我以前在一件红衣服上当扣子时，那红衣服老是洗得干干净净的。”

扣子老三很快就明白了，原来小伙子是个机器修理工，所以当扣子就得随着主人整天蹭油挨脏……

“你老想着红衣服吗？”黑扣子问新来的伙伴。

是的，扣子老三讨厌当一个脏乎乎的扣子。“我总要回去的。”它说。

好不容易有了机会。这件脏得不能再脏的工作裤，和其他脏衣服一起，将被送进洗衣站。

“我们可以好好洗个澡了。”黑扣子说。

“不，”已经挣扎得快要从工作裤上掉下来的扣子老三说，“亲爱的阿黑，我要和你分别了。”

黑扣子很难过，但它还是这样说：“那就祝你快乐。请替我向你的扣子老大、扣子老二和扣子老四问好吧。”

“好的。我会想你的，阿黑。”

扣子老三“噗”地从脏衣服堆上跳了下去。它不知道怎样才能回到穿红衣服的小女孩身边去，但它知道要干成一件事首先得有决心，它是有这个决心的。

它先是被扫进一只装垃圾的畚箕。一只还没吃过点心的猫走了过来。这只猫在畚箕里翻了一阵，正要失望地离开，一下子就看到了扣子老三。它把扣子老三抓起来，舔了几舔：“嗯，这个玩意儿可以当礼物送给朋友。

如果朋友收下了，那就一定会叫我不要走，让我和它一起吃晚饭。”

扣子老三对猫说：“请您把我送回家吧，我离开那件红衣服已经很长时间了。您要是离家很久的话，也会想家吧。”

可是猫说：“我没有家，我是只野猫。”猫一心想着它应该得到的那顿晚饭。

当这只猫衔着扣子老三走到一个偏僻的街口时，猛听得一声怒吼，吓得它倒退几步。

一条大狗从暗角里冲了出来。这条狗也没有家，是条野狗，但它心肠很好。正因为没有家，没有主人，所以它可以到处管闲事。它很喜欢当一个专门打抱不平的侠客，并给自己起了诨名，叫“镇三街”。而且它自己规定：每天至少行侠仗义一次。

可今天眼看天色渐晚，连一个歹徒都没遇见，它好着急。正在这时，它发现了这只可疑的猫。

“喂，你干坏事了没有?”“镇三街”问道。

猫含着扣子，不好答话，便拼命地摇头。

但从紧闭着的猫嘴里传出这样的声音：“干了，它干了坏事了！快救救我!”

"镇三街"便命令猫："张开你的嘴！"

猫嘴一张，扣子老三掉了出来。

"好汉，听我说，"猫还想花言巧语，"这是个迷路的扣子，我正要送它回家。"

狗问扣子老三："你要猫送你回家吗？"

"不，"扣子老三说，"我要你送。"

于是，"镇三街"赶走了猫。

因为穿红衣服的小女孩并不住在"镇三街"管的三条街，它费了不小的劲才把扣子老三送到家。

扣子老三终于看到了它一直想念的红衣服。

但是，怎么搞的？在扣子老二的下面，扣子老四的上面，应该属于它扣子老三的地方，现在缝上了一颗新的扣子。这颗新扣子还摆出主人的样子来问它："你从哪儿来呀，朋友？"

老伙伴们好不容易才认出了它："哎呀，老三，你怎么变成这个样子？"

新扣子听大家这样说，连忙打招呼："对不起，不是我存心要占你的位置……"

面对这一切，扣子老三什么都说不出来。它默默地退到一个屋角里，它得决定该怎么办。

它终于明白：它确实不是从前的它了。虽然说起来时间不久，但它经过这么多遭遇，已经变得不漂亮了。

尽管自己没有过错，但现在看来，被漂亮的新扣子代替，也是应该的呀。

扣子老三再也不能当一颗扣子了。

它就这样默默地待在屋角里。

与其这样，还不如在工作裤上当一颗扣子呢。它想起了忠厚的阿黑。

与其这样，还不如给小鸟当个玩具呢。它想起了直性子的鸟妈妈，挺随和的鸟爸爸。

过了些日子，小女孩要做个鸡毛毽子。

她找来了鸡毛和布片，

还要找颗大扣子，她在屋角里发现了扣子老三。

扣子老三心甘情愿地让布片把自己包起来。从此，它随着这快乐的毽子，一下高、一下低地跳个不停。

胡　子

大家都说关羽是个美男子。大家都不说张飞是个美男子。

张飞就来搞调查，找原因。

是因为关羽的卧蚕眉？不。是因为丹凤眼？不。也不是因为他“面如重枣”，脸红得厉害。

最后弄清楚，问题出在胡子上。关羽的胡子出奇的长，一直拖过了肚皮。张飞的胡子没这么长。

明白了美之所在，张飞去找神医华佗，希望求得神药，使自己的胡子赶超关羽。

华陀听罢笑了笑，给了张飞一包药，嘱他伴茶冲服。

早晨，张飞开始服药。半包药粉搅进茶水，没有异色；喝在嘴里，也无异味。

服药后，张飞立即觉得胡根作痒，甚至能听见类似庄稼拔节的声响。他暗喜。

中午，张飞迫不及待地来量胡子。

——怎么搞的？胡子非但没长，反而缩短了半寸！

华陀的名气太大了，不容怀疑。张飞就安慰自己：也许胡子下午还会反弹。

可是，形势继续恶化。晚上再量胡子，整整短去两寸。

照这样的速度，不出两天就要“全军覆没”。

原来，华陀曾为关羽刮骨疗毒，从此对云长钦佩至极，视其为第一偶像。华陀不愿张飞胜过关羽。

张飞闻之大怒！睁圆豹眼，咬碎钢牙，操起丈八蛇矛……

然而三将军还是粗中有细。他看到剩下的半包神药，来了个脑筋急转弯。

关羽捋着美丽的长胡子，正在帐中细读兵书。只见张飞进来，手里捧着热腾腾的一杯……

“二哥，请用茶！”

霉气公司

有一伙常常倒霉的人，组织了一个“倒霉者协会”，由一个大家公认倒霉透了的人担任会长。

“会员们，”倒霉会长发表就职演说道，“我们太倒霉了！可是那些幸运者为什么那样幸运呢？不行！我们一定要让他们和我们一样倒霉！”

“对！”会员们齐声赞同。

会长建议：“让我们合伙办个mei qi公司吧。”

“是煤气公司吗？”

“不，是‘霉气’。我们可以把霉气管道悄悄地通到幸运者家里……”

说干就干。全体倒霉会员先用自己呵出的气把庞大的霉气柜灌得满满的。然后，选了一位幸运的女歌星做目标。很快地，神不知鬼不觉地，霉气管道从地底下通到了女歌星家的衣橱后面。

“放气！”倒霉会长下令。女歌星的房间里立刻充满了一种说不清的怪味儿。

当天晚上，女歌星的嗓音有点发毛了，观众的掌声减少了一大半。

倒霉会长哈哈笑：“好哇，加大供气量！”

终于，女歌星再也不能唱歌了，她自己都怕听见这种锯树般的声音。

但是，正当倒霉者协会庆祝胜利时，又传来这样的消息：过去的歌星现在成了哑剧演员，她那精湛的演技无比动人，即将应邀出国演出。

“她更幸运了！”倒霉会长急红了眼，“不行，不能让她出国！”

更粗的霉气管又通到了哑剧演员的床底下，以至于第二天早晨她竟没法起床，她的两条腿动弹不得了。

女演员在床上愣了三天三夜。第四天，她拿起了笔，她决心当一个作家。

她自己没出国，但她写出的动人的书，被传到了更广更远的地方。

“停止放气。”倒霉会长终于有点明白了，“对这种人来说，霉气越多，她就越幸运！”

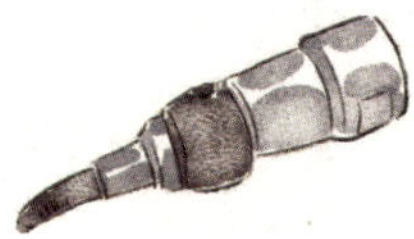

生日点播

自从我们电台开办了“生日点播”节目，邮局每天增派一辆卡车替我们送点播信。我们高高兴兴地忙碌着，拆信把手都拆肿了，就改用牙齿。

我看到这样一封信。

管“生日点播”的好朋友们：

我和我的孪生妹妹、孪生弟弟今年同时考上了大学，真高兴！这时候我想到了父母的养育之恩（平时实在没工夫想）。九月十八日是我爸爸的生日，我想为他点播一首歌——《迪斯科舞星》。

谢谢！

黑龙江舞蹈学院迪斯科系新生

万年青

太让人惊叹了，三胞胎同时考上大学，多不容易呀。我把这封信给编辑智慧和播音员甜甜传阅了一下，大家没有其他意见——今天是八月十八日，一个月后的今天，准定让万年青的爸爸随着迪斯科的节奏好好地激动一番。

可是，十分钟后，智慧大叫：“组长！”他把他拆出的一封信递给我和甜甜看。

管“生日点播”的好朋友们：

我和我的孪生哥哥、孪生姐姐今年同时考上了大学，真高兴！这时候我想到了父母的养育之恩(平时实在没工夫想)。九月八日是我爸爸的生日，我想为他点播一支曲子——《啤酒桶波尔卡》。

谢谢！

海南岛食品工业大学啤酒系新生

万年红

“看来这是三胞胎中的老三。”智慧判断道。

甜甜说：“人家说孪生兄弟的行为往往相同，瞧这两封信，几乎连标点符号都一样。”

“不，”我到底比他们细心多了，“关键地方不一样。关于爸爸的生日，万年青说是九月十八日，万年红说是九月八日。既然是三胞胎，他们只能有一个爸爸；而这一个爸爸只能有一个生日。由此产生的问题是：我们为这同一个爸爸播送生日节目，日期是以老大说的为准呢，还是信老三说的？”

听我这么一说，甜甜突然开了窍：“对了，不是还应该有个老二吗？如果老二也来信，我们可以看看他的点播日期——是九月八日还九月十八日？这样会有个二比一的结果，少数服从多数，问题就解决啦。”

这倒的确是个很不错的想法。

“照我的推理，”智慧又开始饶舌，“老二是老大的妹妹，是老三的姐姐，是个女孩子。让我们再来猜猜，老大叫万年青，老三叫万年红，那么老二会叫万年什么呢？”

我说：“一个‘青’，一个‘红’，都是颜色，那么老二可能叫万年‘黄’。”

智慧不同意：“‘万年黄’不雅，应该是‘万年绿’，绿色有清新感，象征着生命和希望。”

我力争着：“黄色象征着成熟……”

“别争啦！”甜甜这时又拆出一封信，他指着信上的署名宣布道：“人家叫万——年——香！”

我们如获至宝，赶紧读信。

管“生日点播”的好朋友们：

我和我的孪生哥哥、孪生弟弟今年同时考上了大学，真高兴！这时候我想到了父母的养育之恩（平时实在没工夫想）。八月十九日是我爸爸的生日，我想为他点播一首歌——《吐鲁番的葡萄熟了》。

谢谢！

吐鲁番农学院哈密瓜系新生

万年香

我们一下发了呆，问题更复杂了！最后，只好决定对三兄妹分别给予满足，我们将在八月十九日、九月八日、九月十八日为那位幸福的父亲祝贺生日，播放音乐。

九月十九日，我接到打给我们节目组的一个电话。

“您是谁?”我问。

“我是万年青的爸爸，也是万年红的爸爸，还是万年香的爸爸。”

“哦，原来是您!”我表示钦佩，“您集三位爸爸于一身，真不容易啊。”

“我特地向你们表示感谢：一次感谢！两次感谢！三

次感谢！"

"不用谢。对了，我们正想弄清楚——您的生日究竟是哪天？您哪个孩子说得对？"

"呃……"那声音有些吞吞吐吐，"您不会把我说的话广播出去吧？"

我保证："如果您认为有必要，我们会替您和您的孩子保密的。"

"说实话，我的生日是阴历八月初九，他们兄妹三个谁也没说对。"

我吃惊了："孩子记不住父母的生日，您一定觉得很遗憾吧？"

"不，"对方笑了，"我不怪他们，他们的脑瓜里"爱克斯"，要记"古得拜"，要记"秦始皇"和"叶塞尼娅"——这是我瞎说说的，反正记得满满的了，没地方放我的生日啦。他们能想到为我点播节目，我已经觉得快乐无比了。"

"那么，再请您回答，"我问，"您孩子为您点播的三个节目中，您最喜欢哪一个？"

"这，说实话，我不大懂什么迪斯科、波尔卡，我喜欢……嘻嘻，我喜欢黄梅戏。"

“会唱吗？”

“能哼上几句呢。树上的鸟儿成双对……”他竟忘乎所以地在电话里唱了起来。

我很感兴趣地听他唱下去。他却突然醒悟道：“不不，您别以为我不满意孩子们点播的节目。我说过了，他们能想到让我听迪斯科，听什么吐鲁番，我已经快乐无比了。要知道，他们是当孩子的呀，我们是当父母的呀。”

是呀，当父母的就是这样对待当孩子的呀。

不好意思

软先生是条毛毛虫。

软先生有棵苹果树。

软先生很爱他的苹果，因为苹果既能让他吃，又能让他住。软先生住的地方真不少，因为树上有那么多苹果，都被他咬出了大洞洞、小洞洞。

软先生很勤劳，每天都要找个没咬过的苹果咬咬。这一天早上，他在他的树上爬来爬去，好不容易找到一个没咬过的大苹果，打算在上面咬出一个游戏室或练功房。正打算着，见那苹果摇晃起来。

仔细一看，原来是只螳螂在锯苹果梗。再锯几下，这苹果就要掉下来了。

软先生大叫："你这样干，不知道我的心会疼吗？"

螳螂说："那我就锯轻一点。"

"轻一点也不行，"软先生说，"又不是你的苹果。"

螳螂就告诉软先生，要举行苹果大奖赛了，主办者知了博士叫他来锯下软先生、弯先生、钻先生的三个苹果，并请软先生、弯先生、钻先生去当评委。

软先生说："那我一定把我的苹果评第一。"

蝗螂说：“可我会挑选三个一模一样的苹果，让你认不出来。”

这可难不住软先生。趁螳螂去锯最后两下，软先生悄悄爬到大苹果下面，咬了很小的一口，做了个记号。

等软先生一拱一蹭、一蹭一拱地赶到赛场，弯先生和钻先生——另外两条毛毛虫也正好赶到。他们三个苹果已经被编好号码。

知了博士宣布：“比赛开始。1号苹果出场！”

一个大力士蚂蚁把1号苹果扛到赛场当中。

软先生已经看到了这苹果下面的那个记号。

等知了博士说了“请评委品尝，亮分”，三条毛毛虫一齐扑到苹果上，狠狠地咬了一口。

软先生问弯先生和钻先生：“味道怎么样？”

“吧嗒吧嗒，”弯先生吃得很响亮，“好甜！要不是我抵抗力强，早甜昏过去了。1号苹果可以给10分！”

“啊唔啊唔，”钻先生吃得很专心，“一甜就粘，要不是我有点功夫，上嘴唇和下嘴唇早就粘得分不开了。给10分，没说的！”

听弯先生和钻先生对1号苹果这么一夸，软先生被感动了。他觉得自己私心太重，真不好意思。他说；“我认为1号苹果甜得还不够，给10分高了些，应该得……应该得……”他想了又想，“应该得9.99分。”

接下来，大力士蚂蚁搬出了2号苹果。

软先生忽然发现2号苹果的下面也咬出了一个记号！

他又去看3号苹果……天哪！大家都想到一块儿去了。

刚才，大家都把1号苹果当成了自己的苹果。

软先生就对弯先生和钻先生说：“我已经‘不好意思’过了，该你们两个‘不好意思’啦。”

真　言

听说“酒后吐真言”，几个好朋友就约好一起去喝酒。都想听听别人的真言，也想知道自己有没有真言。

于是大家拼命地喝，拼命地灌，最后全部倒下了。

第二天醒来，大家回忆昨晚的情景，脑子都像曝了光的胶卷，只留下一段空白。

大家互相打听：“我说了些什么？我骂了你吧？如果骂了你，请原谅我喝多了。”

“不不，你不必道歉，如果你确实骂了我，我肯定已经加倍回报过了，不会让你白骂的。”

“骂人也算‘真言’吗?”

“当然算，但一定要在酒后骂才算。你现在骂我就不行，我要揍你的。”

为了得到真言，只好重开酒宴，再喝一顿。但大家想了办法，带了录音机去。

乱七八糟地录下了全部真言的录音机，不幸又被兴奋的醉鬼们摔成了碎片。

第三天晚上，他们请了个聪明能干的公证人。规定公证人只能吃菜，不能喝酒，以保持清醒的头脑。

可是，委托人们喝到兴头上，管不住自己，又起哄把公证人灌醉，用一杯杯白酒硬是把公证人记住的真言洗了个干干净净。

还有什么办法？当然有办法。

甲想："让我来假装喝醉，就可以记住听到的真言了。"

偏偏乙、丙、丁都是这样想的。

他们把斟到杯里的酒悄悄倒掉，身体摇摇晃晃，说话结结巴巴：

"我……看到，你的脚……朝上，头……朝下。"

"我……看到，你的嘴巴……比你的脸大。"

……

终于，甲忍不住问乙："你说的是真言吗？"

乙一下子慌了，"哦，不是的。"

甲又问丙和丁："你们呢？"

"唉，也不是的。"

要想得到真言，就这么难？

宋　街

这条街原来叫青石街，街面由千百块数尺见方的大青石铺成。除此之外，街道两旁的房屋、店家与市内别的街道也没什么大不同——可那是成立旅游局以前的事啦。

有一天，来了个老华侨，戴了顶带把儿的帽子。他对青石街很感兴趣，不仅用脚去量，还用手去摸。他走了没多久，本市便成立了旅游局。我是这个局的职员。根据老华侨的建议，本市的旅游业务应以青石街为中心，因为它是条古老的街。那青石路面，清朝人踩过，明朝人踩过，更早时曾留过宋朝人的足迹。

“干脆把青石街改名，就叫‘宋街’!”这个好主意是我出的。

“唔，有创见。”局长直点头。

我受了鼓励，更来劲了：“既然叫宋街，那这街上所有的一切都要‘宋’起来才对。”

“怎么个‘宋’法?”

“首先是市容改建。茶楼酒肆、官衙民宅，全部按照宋时格局。我建议由说评书的王小堂负责督造，他专说《杨家将》，正好是宋朝的那一段儿。”

“行。还有呢?”

“不合适的现代化设施要去除干净。电线杆太碍眼，全拔掉，家家户户用灯笼。自来水管、煤气管也得拆了，往后喝井水、烧大灶。还有服装问题，男的戴巾，女的穿襦裙，一点也不能错。还有礼节问题……”

我被任命为宋街总设计师兼总指挥。

开辟宋街的消息很快被传开去，全市居民都激动了。我的几位住在别的街道的亲戚来找我，要我帮他们安插到宋街，哪怕当店小二、当轿夫也行。想一想，能像在台上那样，整天穿着古装摇来摆去，多有趣呀。

没过几天，宋街上有墙的地方都贴满了“换房启事”，大致内容如下：

本人家住本城某街。面积宽敞，设备齐全，阳光充足，交通方便。由于很想过宋朝生活，情愿以大换小，以新换旧，以朝南换朝北，凡宋街住户，有意协商者请来电来函。

我一见这种启事就统统撕掉。我告诉他们：我对这种在墙上贴字条的现象作了考证，宋朝时也许已有了“天皇皇，地皇皇，我家有个夜哭郎”什么的，但绝对还没出现“换房启事”，所以宋街上不能贴，要贴请贴到别的街上去。不过我断定，贴也是白贴，不会有哪家宋街居民肯放弃如此迷人的生活的。

宋街的改建工程终于完成。今天开始全面演习。

一清早，我骑上黄骠马，从街的这一头向那一头做着巡视。为了该穿什么服装的问题，我反复考虑，最后决定穿上林冲当年担任八十万禁军教头时的那一套。我一路缓缓行去，看到酒楼挑出的旗子飘过我的头顶，旗上写着“三碗不过岗”；小贩叫卖着武大郎卖过的炊饼，这炊饼的制作方法是我委托食品专家研究出来的；裁缝

酒

铺的姑娘显得既好奇又有点不耐烦，她正一针一线地缝制着一件大个子穿的长袍，我规定不许使用缝纫机；几个书生，一边走一边讨论着我所指定的岳飞的“满江红”的词……

“报告!”

我被吓一跳，一看，是个家将打扮的小伙子在向我举手敬礼。

“请首长下马!”他又说。我这才认出，他以前是个警察。他一边说，一边指着路边的一块小石碑。石碑上刻着：

文官下轿　武将下马

哦，我这才发觉自己已来到了杨家的“天波府”前。我赶紧下马，对那小伙子说：“你做得对。但不该叫我‘首长’，要叫‘大人’。再说，宋朝不兴举手礼，兴‘唱喏’。瞧，像我这样——”

我双手抱拳，举过头顶，照《水浒》里描写的，“唱了个肥喏”。

这时一阵马蹄声传来，只见一个驿卒飞身下马，口称“大人”，双手呈上一份邮件。我很满意他的得体举止，他以前可是个骑摩托车送电报的邮递员呀。但我接过邮件一看，是我同学寄来的，一张明信片！

“给我退回去!”我很生气，“回去告诉你们所长，不不，现在他是‘驿丞’了。对他说：所有信件部得按照宋朝的格式，用带红框的长信封，繁体字，竖写，不能称‘同志’，尤其要注意——钢笔、圆珠笔、彩色笔都不行，一律要用毛笔！不符合规定的，一律退回!”

我正在发火，忽见不远处有两个醉汉扭打起来，边打边骂：

“你这家伙……”

“你这流氓……”

我赶忙跑过去纠正他们：“你们骂得不对，按宋朝的骂法，应该是‘你这厮’‘你这泼皮’。再说。你们不该用外来的拳击姿势打架，我觉得，结合你们此刻的醉态，用鲁智深的‘醉八仙拳’打起来更合适。”

一边说着，我给示范了几手：“何仙姑懒卧牙床”“韩湘子倒拔金箫”“吕纯阳飞剑斩黄龙”“铁拐李独脚下云梯”……

看来问题还不少。这宋街要对外开放，还得加强训练，不然非出洋相不可。

训练持续了三个月，最后我进行了严格的考核。

我要求买卖人能识十六两的秤，能使用特制的“建隆通宝”铜钱。

“告诉我：十五吊等于多少文?”

“回禀大人，应该是一万五千文。”

我要求读书人再近视也不能戴眼镜，因为宋朝还没有这玩意儿。另外，得按照格律章法作诗词，写对子。

“我出个上联，你给对一对。”

“晚生遵命。”

“听着：‘宋街仿宋，好稀奇，令游客今古难分，真个远追八百年’。”

“有了：‘眼镜离眼，实难过，叫书生东西不辨，只因近视一千度’。”

我还要求所有的宋街居民在没有钟表的情况下学会看日头定时间。

“请回答：红日初升是何时?”

“卯时。”

“日影正中?”

“午时。”

“夕阳西坠?”

“戌时。——请问大人，阴天不见太阳怎么办?”

“阴天……咳，照样过呗。”

我对考核结果还算满意。

宋街正式对外开放了。中外游客慕名而来，熙熙攘攘。灯红迎宾，酒绿飨客，好不热闹。

可是，没过多少日子，我又觉得不对劲起来。那天我跨马上街，路过“天波府”时，耳边传来一声大叫：

“报告!”

我一皱眉：怎么又是“报告”？

“请首长下马!”那个家将打扮的小伙子向我举手敬礼。

我刚要训他几句，怎么这样没记性！可仔细一瞧，咦，衣装还是原来那套，只是人模样变了。

“你跟人换了差使?”我问他。

“是的，我是刚从外区对调来的。”那家将说，“有哪方面不符合要求，请首长批评指导。”

我心里奇怪：为什么先前的那小伙子要调走呢？正想着，迎面走来几位青衿书生，鼻梁上明晃晃地架着一排镀金秀郎架眼镜，其中一位正朗诵自己的新作：“……从晚上七点到十二点，我的心胸被快乐充满。”

“你们是故意捣乱怎么着?”我上前质问道。“为什么还要戴眼镜？这诗也不像样，应该改成：‘戌时至子时，此刻最消魂’。”

书生们面面相觑：“哟，想不到在宋街过日子还不大容易呢。”“怪不得人家换过去那么爽快。”

听这话，他们也是刚从别的街道对换进来的。

我仔细巡视了一遍，竟发现四分之三的居民都是不懂宋街规矩的新迁户。

没法子，为了宋街的声誉，我只得重新进行训练，一练又是三个月。

可累死我了。宋街的居民不断地外流，一次又一次地大换班，我只好一次又一次地反复训练。真叫人吃不消。为什么会弄成这样呢？我百思不得其解。

有一天我忽然想到：宋街的居民们要换到外区去，恐怕也会贴出些“换房启事”，那上面总得述说要换出的原因吧?

我脱下宋朝服装，走出了宋街。

我在普通的现代街市上漫步。我觉得一下子轻松了许多——不仅仅是因为卸去了头上的熟钢狮子盔、腰间的三尺龙泉剑、身上的梅花铁叶甲。在这里，不再需要那些繁文缛节、咬文嚼字。我在钟表店前站了一会儿，我似乎第一次发现这些钟表竟是如此可爱。在电器商店前我站了一个半小时——橱窗里开着电视机，正播放足球比赛实况。我原是个足球迷呢。宋朝的“蹴鞠”虽也是踢球，毕竟是两回事。

接下来，我在电线杆上看到了我要找的“换房启事”:

本人家住本城宋街。宋式厅房，宋式家具，古色古香，古得可以拍历史片。由于很想再过那种自然的、不是演给别人看的生活，情愿以大换小，以古换新，以朝南换朝北。凡宋街以外的住户，有意协商者请来电来函。

我把这启事看了好几遍。最后决定：回去我也写一张。

未来考古记

这事儿出在一个蜂窝煤上。就是普通煤炉里用的那种圆柱形的、有十二个洞眼的蜂窝煤，又叫“煤饼”，大家都知道它的吧?

“知道，比你知道!”大家被我问得不耐烦了。

不过，要是过了好几万年，把这样一个东西放在人们面前，那又会怎么样呢?

这正是我要讲述的。

这是个烧过了的、由乌黑变得灰白的蜂窝煤，在它同别的废物一起被抛到郊外的垃圾山上时，“啪啦”，摔成了两半儿。以后又运来新的垃圾，把蜂窝煤埋在底下。垃圾山越堆越高，蜂窝煤就越埋越深。后来，年代久了，它竟然变成了化石——就像我们现在见到的恐龙化石一样，它成了蜂窝煤化石。

终于有一天，考古队来了，用了很先进的发掘技术，挖出了这块化石。

“这是什么?”发现它的队员不认识它。去问队长，队长也回答不出。

“去向老人打听一下吧。”考古队长很相信老人的经验。于是去请教一位一百岁的老翁。可这老翁也回答不出。

于是又找一位老奶奶，她活到两百岁了。但还是白跑了一趟。于是又找三百岁的、四百岁的，最后找到个五百岁的老寿星——那时候科学发达，人比现在活得长，但还是不行，世界上早就不用煤炉啦，五百年的经验也不够用呀。

真没有办法。考古队长用电脑查遍了能找到的每一部经典、每一本图册，但蜂窝煤不像那些陶器、瓷器、青铜器什么的，从资料里别想查出它的来历。

这件事惊动了最有名的几位专家学者，他们不约而同地被吸引到这块蜂窝煤化石的周围。

他们谁都不轻易发言，先用眼睛看，用手摸，甚至用鼻子闻，用舌头舔，用耳朵听。看完了，摸完了，闻完了，舔完了，听完了，然后互相谦让了一番。

“好吧，我就先来抛砖引玉。”第一个发言的是位生物学家。“根据生物学的研究成果，许多动物会为自己营

建巢穴，例如鸟类、蜜蜂。而这块化石的形状有些类似于蜂窝，所以我认为这也是一种巧妙的动物建筑。”

这位生物学家的判断总算还有点沾边，至少他提到了“蜂窝”。

接着发表见解的是历史学家，他说：“我的历史学知识告诉我，这不是什么动物建筑，而是古代战车的轮子。”

民俗学家立刻表示怀疑：“如果是这样，那辆战车也就太小了，只有娃娃们才能用它打仗。从民俗学的角度来看，倒很可能是古代部落佩戴的耳环。”

“这又嫌大些了吧?”大家议论说，“谁的耳朵受得了它?”

但民俗学家红着脸坚持着，说那个部落的成员们从小就练这功夫。

数学家又提醒大家把注意力重新集中到化石上，“瞧这十二个圆孔!通过这十二个孔的圆心，可以画出纵横相交的四条直线。这就体现出一种周密有致的数学思考。显而易见，这是古代用于教数学的教具。”

“不不！”食品学家连声反对，“这不是数学教具，而是古人制作糕点用的一种模具。瞧，把糕粉填进这十二个孔里，模具一提，一下子就做出十二条糕来!”

军事学家冷笑说:“这也太大材小用了吧。什么糕啊饼的，这明明是一种进攻型武器的发射管，一按机关，群弹齐发!”

“别那么火药味十足好不好?”音乐家抗议道，“你竟把乐器当成了武器！听——”他用手指敲敲蜂窝煤化石，“当当”响，“多令人心醉的音色！这十二个孔是十二个声韵回荡的共鸣箱，设计得太绝了。可以把它穿上绳子挂起来敲，像编钟一样!”

还是文学家风度潇洒，不慌不忙，他的推断最有人情味，“‘破镜重圆’的故事你们听说过吗？失散的亲人，凭着各自保存的半边镜子，最后团聚到一起。依我看，”他指一指化石，“这玩艺儿一分两半，对起来而又孔孔相符、严密合缝，分明也是一种亲人团聚的凭证呢。”

接下来是一位美术家兼哲学家，他一口断定:“这是一件出色的富有哲理的雕塑。”

“这里面有什么哲理?”大家猜不出。

“真笨!”美术家兼哲学家说，“一分为二——这不是辩证法吗?”

这些人真有学问。可是他们偏偏缺少关于蜂窝煤的学问。然而，在蜂窝煤问题上，他们都显得比平时更有学问。唉，咱们倒是懂得蜂窝煤的呀，可惜咱们比他们早生了几万年，没法纠正他们了。

卖身前后

我终于战胜所有对手，赢得本届健美大赛的冠军。

我立即收到一百个祝贺电话。还没来得及喘口气，一百零一个电话又打来了：

“喂，向您祝贺。”

“谢谢！”

“向您的三头肌、两头肌、胸肌、腹肌、大腿肌……我说不上来了，总之，向您全身每一块肌肉祝贺。”

我愣了一愣，没有人这么祝贺的。但他的话确实也有道理，我就是靠这些肌肉才赢得荣誉的呀。所以我又说了声“谢谢”，并随口问他：“您观看比赛了吗？”

“对不起，我没看比赛，我是在一本新杂志的封面上见到您那令人羡慕的身体的。”

“哦？真快呀。”就在我接那一百个电话的工夫，我的照片上杂志了。

“咱们还是谈正事吧。”电话里的声音严肃起来。

“什么正事？”

“跟您商量一下：我想同您换一个身体。”

“……”我一时怔住了。

“别害怕，在头颅和躯体的再植技术已相当普及的今日，干这种事很简单，很安全，就像取下两把茶壶的壶盖儿，这边换到那边，那边换到这边，如此而已。”

“不不，我不是担心安全。”我解释说，“我是想，我为什么要同别人换身体呢？像我这样的身

体，已经可以算是举世无双啦。”

对方笑起来：“我有举世无双的财富，正需要这么一个举世无双的身体。我们可以谈谈条件，除了我的这个身体，我还要给您一些钱。”

接着他便向我了解：健美比赛的最高奖金是多少？

我告诉他一个数字。

他又问：“您估计您这一辈子还能参加多少次比赛?”

我又告诉他一个数字。

“好吧，把这两个数字乘一乘，这就是您依靠您这出色的身体所能得到的最多的金额；然后再乘以 10——我准备为这身体出十倍的价钱。怎么样？想想吧。”

这家伙真是个富翁。他说的这笔钱，我要活十回才能拿到这么多。

“如果同意的话，请通知我的律师，咱们签个合同。再见！”那富翁挂掉了电话。

像我这种人，平时只知一个劲儿锻炼身体，很少思考，正如人们所说，“四肢发达，头脑简单”。所以当时想来想去，竟觉得这样干没什么吃亏的，便找那律师签合同。

在我提起笔准备签字的时候，那律师提醒我：“趁您的脑袋尚能调动您的手足，请千万慎重……”

“我绝不后悔!”

律师便把那份卖身合同摊到我面前，我正要下笔，突然我握笔的右手僵住了，那笔怎么也碰不到纸面。

见鬼了！但我的左手也能写字。我使用左手使笔。左手果然灵活。可是笔尖触纸，并没有写出我的名字，而是莫明其妙地画了个小乌龟。这份合同作废了。

我这才意识到：我的这双手不愿被出卖，正跟我捣乱呢。我来火了。哼，这就难得住我么？我让律师再准备一份合同，我用牙齿咬住笔杆，嘿，照样签好了自己的名字。

我正得意，忽见我的这双手猛地去抓合同，“快藏好！”我急忙对律师大叫，他还算敏捷，已抢先把合同塞进皮包里。但我的手不肯罢休，又去抢皮包。我知道，就凭律师的瘦胳膊，根本经不起较量。那律师叫起来，富翁的保镖们破门而入。我说：“快，快把我的手绑起来！”保镖们听得直发愣。好不容易七手八脚地绑住我的双臂，又一件意想不到的事发生了——

我的那双粗壮的腿猛地蹦起来，不顾保镖们的阻拦，踢翻一个，绊倒一个，接着一跃，上了窗台，还没等我叫出声，已经跳出了窗户。

这是座60层的大楼，上面占了21层，底下还有39层！

我身不由己地——不，应该说“己不由身”地朝下坠落。38层，37层，36层……

开始时我还有些惊慌失措，但很快便镇定下来。在这生死攸关的当儿，我的头脑特别清醒，我意识到自己的错误，但已经来不及了。

28层，27层，26层……都怪我一时糊涂，铸成大错！……18层，17层，16层……对不起，我的宝贝胳膊，宝贝腿儿……8层，7层，6层……对不起，我的腰，我的脖子，我的五脏六腑，我的扁桃体和盲肠儿……5层，4层，3层……对不起……

“啪!”

我重重地摔在楼下的停车坪上，头没摔破，但两条腿摔断了。

我呜呜地哭起来：我的感人的腿呀，你们情愿被摔断，也不愿去做交易。我把你们练得如此坚强，硬气，宁折不弯，而我自己却这么没出息，降服于几个臭钱，我好惭愧呀。

我忽然想到：我的腿一断，富翁就不会再要我的身体了。好吧，就让我的手撑着拐杖，拖着残废的、然而是我自己的腿，咱们亲亲热热在一起度过我的下半生吧。

然而富翁的保镖们又围了过来。他们已经请示了富翁，富翁并没改变主意，他相信现代医学——脑袋都能摘下、接起，要接上两条断腿费什么事？他命令手下：按合同办事！

我的手足再也无法挣扎。我被立刻送往医院。

手术室里，主任医师提着锯子在那儿等着。他的助手用卷尺在我身上量来量去，然后又掏出一支我在木匠那儿常见到的木炭铅笔，用那笔绕着我的脖子画了一根线，一个黑圈儿，待会儿就从这儿下手。

我懊恼极了，一扭头，只见旁边的手术台上也躺着一个人，脖子上也被木炭笔画了一圈，这显然就是那位富翁了。他那个马上要换给我的身体，天哪，肥胖得可怕。我今后将如何挪动这座肉山，真叫人发愁。

护士走过来，给我打了麻醉针。趁药性还未发作，我沉痛地在自已的双手上亲了两下。遗憾的是，我无法吻别我那可怜的腿了……

等我醒来，我已成为那一大堆肥肉的拥有者了。我家就在医院隔壁，可是，从病房到医院门口这一段，我不得不租用了一辆载重轿车——反正我得到的那笔钱，够我坐一辈子轿车了。

尽管可以饱食终日，但我一肚子不快活。这么笨重的身子，早上爬不起，晚上翻不动。还有其他种种难熬之处。比如，皮肤太娇气，冷生冻疮，热生痱子，并且患有过敏性皮炎，过敏原是葵花籽。这病忌吃葵花籽，而我偏偏是个葵花籽爱好者。肺里总是有种类似干渴的感觉，医生对我说："这肺的旧主人烟瘾很大，它习惯了吞云吐雾。要想自在，必须满足它，你得学习抽烟。"这算什么话！因为肚子大，饭量特别大，一顿饭要吃三个小时，多麻烦。

我越来越想念我自己的胳膊腿儿。我厌恶这堆肥肉。有次一赌气，我整整一星期不吃饭，我想：哼，饿一饿你这大饭袋。结果，体重一下子减轻了一半。行动起来方便得多了，可以不休息地连续行走十米远了。

哈，我这下来了劲头。继续绝食！

这样粒米不进地又熬过三天，达到减肥四分之三的效果，我已经能离地跳跃一厘米高了。

再坚持两天！反正胖子有本钱。腰部的线条已逐渐显露出来，我甚至可以攀上单杠练"引体向上"了。

能恢复锻炼对我来说是多么值得高兴啊。一块块肌腱的礁石又凸出肥肉的洋面。各种疾患也随之消失了。

终于，我又能参加健美比赛了。经过一轮又一轮筛选、角逐，冠军产生了，是我！

这时我又接到一个电话："喂，向您祝贺，向您全身每一块肌肉祝贺！"一听就知道，这又是那富翁打来的。

"谢谢，您有什么事？"

“您的体态太令人羡慕了。我想跟您换一个身体，我会给您许多钱……”

我一下子激动起来。在经过痛心的离别和艰苦的磨砺之后，我的亲骨肉又将跟我生活在一起，我太幸福了。

我对富翁说：“咱俩马上去医院，让医生照着以前的木炭笔痕迹再锯开……不过您再不要提钱的事了！”

我完全可以想象到，由于富翁不肯锻炼，我换给他的结结实实的身子肯定又变成了一堆肥肉。但有了以前的经历，我对我和我的身体的未来充满了信心。用不了多久，我还将参加健美比赛，冠军还会是我。

肚子里的纪念碑

在这个城市里，人们到年老的时候，都喜欢给自己竖纪念碑。

铁匠都是铸一座铁的纪念碑。铜匠的纪念碑是铜的。还有纸的纪念碑——那是作家们造的，他们把自己写的书高高地堆成碑的样子，外面包上红红绿绿的玻璃纸，既好看，又防潮。

这儿有三位蛋糕大王：考尔、霍尔、勃尔。他们辛辛苦苦做了一辈子蛋糕，也都到了可以竖纪念碑的年纪啦。当然，他们都希望自己的纪念碑能够赛过其他两位。

考尔先动工。他指挥儿孙们运来七吨奶油、九吨白糖、一千袋面粉、五万个鸡蛋。然后他运用毕生经验，亲自配制加工。足足忙了两个星期，这个十米之高的巨型蛋糕——“蛋糕大王考尔纪念碑”终于庄严地、夺目地、令人馋涎欲滴地矗立在市中心广场上了。

紧接着，“蛋糕大王霍尔纪念碑”落成。这要算是超巨型蛋糕了，它的用料比考尔纪念碑多一倍，所以可以推测到：它有二十米高。

第三位蛋糕大王勃尔是个很精明的人，他想压过霍尔，却不打算再加用料。勃尔纪念碑只等同于考尔纪念碑的规模——也是十米高，但在图案样式、奶油浮雕上下功夫，据勃尔说，他在碑上雕出了一百种鸟兽和一百种花草。

老考尔造好自己的碑后，几乎累垮了，用了一个多月才恢复些气力。这一天他拄着拐杖来到广场上，想看看两位老同行搞出了什么名堂。他来到霍尔的碑前，惊叫了一声。又看到勃尔的碑，长叹一口气：“唉。”他想：“我的碑既不如霍尔的雄伟，又不如勃尔的华丽，谁还会承认我是蛋糕大王哟。”

考尔还想看看自己的那座碑，但怎么也找不到了。

他颤抖着拉住一个行人："我的碑哪去啦?!"

行人说："唷，是蛋糕大王呀。你找你那个大蛋糕吗？别找了，它让大伙儿吃掉了。"

"什么?"考尔用力跳了起来!"胡来，胡来，这是纪念碑呀，你们——!"

"起先大家只舔了一下，"行人解释说，"后来就忍不住啃起来，啃了第一口就没法不啃第二口了，谁叫它那么好吃……"

"天哪，"老考尔哀叫着，"我辛苦了一世，连一块碑都立不成!"

行人笑起来："傻老头儿！三块碑剩下两块碑，说明大家只爱吃你的蛋糕，你是真正的蛋糕大王呀。"

电话大串线

打电话就怕串线。你要找你爷爷，可对方说：“错啦，这儿是托儿所！”这多叫人恼火。不过这种事难得碰上一次。

这回可不得了，全市所有的电话一齐串线，乱成一锅粥。据说是因为来了个外星飞碟，在咱这城市上空考察了三分钟，所以电话受到干扰。电

话局负责监听线路的师傅告诉我，这三分钟里他听到了许多有意思的对话，还把这些对话记了下来。

一个破坏分子找他的同伙联系，没想到接电话的是警察——

“喂，蜘蛛，我是跳蚤。我们代号为‘鸡飞蛋打’的爆炸计划你清楚了吗?”

“全清楚了。不清楚的是怎样才能找到你。”

“记住：今晚八点在火葬场门口见面。”

“明白啦，谢谢。实在是谢谢！”

“别忘了，晚上八点。”

“忘不了，晚上见！”

甲想同乙商量给丙送礼的事，结果丙本人代替乙听了电话——

“我说小乙，小丙快结婚了，咱们是他的好朋友，总要意思意思吧？”

“那当然，否则还算什么好朋友呢。”

“再说，咱们送礼给他，以后咱们办喜事，他会送还给咱们的呀。”

“嗯……既然是好朋友，就不要他送还了吧，啊？”

“咱们倒没什么，可小丙收了咱们的礼，能好意思不还礼吗？他不吃不穿也一定要凑上这份人情的。”

“那……那多没意思啊。干脆，也不送，也不还，行吗？”

“行是行，可小丙不会生气吗？”

“不会生气的。”

A大夫打电话给B大夫，却和C病人对上了话——

“尊敬的先生，最近我老像鱼一样喜欢吃蚯蚓，我对这病一点办法也没有，听说您手段高明，特地——”

“什么？您也有蚯蚓病？我刚得到一个方子，还没试过，但据说一定灵，先介绍给您吧。”

“太谢谢了！等一下，我去拿纸和笔……好了，请您说吧。”

“唔，医生要求：服这药时也得像鱼一样，一边游一边吃——”

“别，别说了！”

“给我开方的医生挺有名，大家叫他A大夫……”

一位旅客要坐火车去外地出差，但他打的电话串到了电影院——

“请问，五点半的票还有吗？”

“您搞错了，只有五点三刻的。”

“不，是您搞错了。我看了时刻表。”

“别说了，肯定是您错了。”

“您错了又不认错，就是错上加错！”

…

（他们就这样一直争下去。）

有一个匿名电话，本来是想打到蔬菜公司干部科的——

“听说要把蝴蝶迷提升为菜场蔬菜组组长，这是不妥当的。”

“怎么叫‘蝴蝶迷’？”

“就是迷蝴蝶呗，他家有好几千种蝴蝶呢。”

“这跟当组长有什么关系呢？”

“当然有关系。爱好蝴蝶必然不会专心于本职工作。再说，蝴蝶是粉蝶的亲戚，粉蝶的幼虫是吃菜叶的，这么说来，蝴蝶也就是蔬菜的敌人，怎么能让一个喜欢蔬菜敌人的人当蔬菜组组长呢？”

“感谢您提供的情况。我们准备聘请这位蝴蝶迷到我们这儿工作。”

“你们是？”

“这儿是昆虫研究所。”

一个农民捕获到一只珍奇动物，他急忙向动物园报告——

“喂，动物园，我这儿有一只怪兽，三只耳朵五条腿。”

“我这儿是自然博物馆。请问，你那怪兽是死的还是活的？”

“当然是活的。不过，它不肯吃东西，我也不知道该喂它什么。我怕弄死了，所以想请动物园快点接去，他们是行家，有办法。”

“别急，别急。听你的描述，这是一只罕见的珍稀动物，我们博物馆当然很希望能增加这样宝贵的陈列品。不过，它还活着，这就不大好办，我们只能将死动物制成标本。所以你千万别急着向动物园报告，不要怕这怪兽死了。等它一死，请立即通知我们，千万别让动物园知道！……”

一位电影导演找他的演员——

“喂，我已决定由您担任《‘火气大’伯伯》这部片子的主角。”

“我？你是讽刺我吧？”

“哦，错了，我找的不是您。对不起。”

“哼，说一声‘对不起’就完事啦？你做这种莫名其妙的事情，浪费了我的时间，浪费了我的精力……哼！哼！！哼！！！”

“哈哈，看来我还是没错，您的火气比我的演员大得多，就请您来扮演‘火气大’伯伯吧。”

一位作曲家向电台提建议——

“我建议，最好把今天‘歌曲选播’节目里的《笑个够》那首歌抽下来，换上另一首——《眼泪汪汪》。”

“我不是电台，我是听众，一个歌曲爱好者。《笑个够》和《眼泪汪汪》是同一位作曲家的作品，对吗？”

“哈哈，对极了，真是意外遇知音。我就是这两首歌的作者。我认为后一首歌是我的顶峰之作，而前一首歌太幼稚，太肤浅，太不能代表我的水平了。”

“可是，我和我的许多朋友都喜欢《笑个够》，不喜欢《眼泪汪汪》。”

“是吗？……”

一位当妈妈的突然接到车祸通知——

“请镇静，女士，您儿子不幸遇到车祸。”

“天哪！”

“他已经昏迷过去。我们从他身上找到了您的电话号码。”

“呜……怎么搞的呀，他一定是被坦克撞了！”

“奇怪，您凭什么作出这样的判断？”

“因为我儿子开的是本地最大的超级卡车，除了坦克，什么车子都撞不过他的。”

“什么？原来你儿子是开卡车撞人的那个！见鬼，那骑自行车被撞的青年不住在这里？”

“哼，不知道是哪家倒霉的小子。”

豆制品厂和西餐社联系——

“西餐社，明天有一大帮外宾要来参观咱们的豆制品厂，请帮助准备三百个色拉面包。”

“对不起，我们这儿是旅行社。不过我可以立即支持你三百个面包。这本来也是准备招待客人的，可是外国旅行社派来的代表说他们不喜欢这个。对了，顺便向您订货，这位外国代表想买些中国特产带回去，让家人也一饱口福。”

“他要什么？”

“三百块臭豆腐干。”

一家商店给他们的“协作单位”通消息——

“明天有一部分紧俏商品内部处理，我们打算给你们留一些。明天整日下雨，就请后天来取吧。”

“错了，我们是气象台。不过我们也挺愿意和贵店建立这种协作关系。”

“你们也有什么内部处理的东西吗？”

“呃，我们可以提供‘内部预报’。比方说，根据内部预报，明天中午十二点二十三分至五十七分雨势暂停，我们可以趁这个机会来取你们的内部处理品。”

一个少年打电话向一家成人杂志社询问稿件，却遇到一位专门为孩子写作的阿姨（或是奶奶，因为她说话时也像写作时一样，喜欢用娃娃腔，所以听不出她的确切年龄）——

“喂，本人是文学爱好者，我的那篇描写六国间谍大混战的拙作，不知你们过目了没有？”

“嘻嘻，真逗！我呀，一听就听出来啦，你呀，还不满十五岁，是一个想装成大人的孩子，对不对？嘻嘻！”

“我也一听就听出来啦，你是一个想装成孩子的大人。”

“哟，你真机灵。你别装大人啦，咱们交个朋友怎么样？‘敬个礼，握握手，你是我的好朋——’喂！喂！你……怎么挂掉了？!”

烟头儿星

妈妈对爸爸说：“就要评选‘无烟家庭’了。”

爸爸沉默了一会儿，随后抬起深情的目光：“行，我支持。”

“你再也不抽烟啦？”

“嗯，要抽就到房子外面去抽。”

这以后，爸爸要是犯了烟瘾就蹲到门口去解决，我家的空气清新极了，再也不受尼古丁的污染。

不久，争当“无烟街道”的活动又开展起来。爸爸不得不骑自行车出去抽烟，车程越来越远……

一天吃晚饭时，爸爸挺疲倦地问妈妈："你爱我吗?"

妈妈吃了一惊，"怎么问这个?"

爸爸说："你要准备随我搬家，咱们这儿成为'无烟城市'看来是早晚的事了。"

妈妈虽然很反对抽烟，但她爱爸爸爱得没法可想，只好同意搬家。

我们把家搬到沙漠当中。每当爸爸自由自在地抽起烟来，几百里外的人们也能欣赏到"大漠孤烟直"的壮丽景色。要是在古代，这烟能当烽火用。

但爸爸每天听收音机，他在等一个坏消息。这坏消息终于来了……

我对爸爸说："'无烟国家'不能再有抽烟的人，无论他在沙漠，还是在岩洞里。我们是不是还要搬到外国去?"

可爸爸是个非常爱国的人。他只答应去我国驻××使馆工作，那是个烟草出口国。

到后来，联合国禁烟委员会在解散前向地球上最后一个吸烟者宣布他们的最后一个决定："您不能留在这颗'无烟星球'上，如果您还继续抽烟，去当个宇航员怎么样? 我们可以给你一艘飞船。"

从那以后，我和妈妈每夜每夜仰望星空。

我说：“妈妈，好像星星越来越多了。”

妈妈说：“你看仔细些，那是你爸爸扔的烟头儿！”

在等待中心

等待中心的主任看起来二十几岁，但他对我说他已经一百零五岁了。他二十几岁的时候遭遇了一场车祸，使他的脸上几乎没留下什么像样的部分。他要修复他的脸，医生告诉他，会有一些好心人将自己的五官捐给他的，但他要耐心地等待。于是他来到这个等待中心，让人家把他冰冻起来。就像鸡呀，鸭呀，为了保持新鲜就得塞进冰箱，这样，他就能一直保持他二十几岁时的新鲜了。

“我在这里等待了八十年。”主任说，“第三十二年我等到了捐给我的嘴唇，它们比原来的厚，因为来自非洲。第四十六年我等到了鼻子，是一位希腊朋友捐的，希腊鼻子可是世界上最挺的鼻子呢。耳朵是一对老夫妻的，他们一人捐给我一只，所以我是在第五十五年和第七十一年分别等到这两只耳朵的。你瞧，左耳朵上还有个耳环，是那老太太故意留给我做纪念的。直到第八十年，等来了下巴，所有的零件这才齐全了，他们就帮我安装到一起。”

这位等待者终于等到了他要等的，最后还当了等待中心的主任，他愿意为新的等待者热情服务。

我不是等待者，我身上里里外外的零件全都棒棒的。我很愿意当“被等待者”，我想来看看都有些什么人在这里等待着，等待着什么。

主任就让我穿上可以适应冥王星那种超寒环境的抗低温服，带我降到深深的地下。

我们沿着静极了的走廊朝前走，听见照明灯的灯丝发出烤羊肉串般的噼噼啪啪声，我们的脚步好像每一步都能把地板踩出一个洞。主任说：“不用怕声音太响，不会把他们吵醒的。”

走廊两边是透明的冰室，等待者们各自安睡，但不说梦话，也不打呼噜。

我问主任：“他们会做梦吗？要是什么梦都不做，就这样多少年多少月地干等着，不是很无聊吗？”

主任提醒我：“你瞧瞧他们耳朵上。”

我仔细看时，发现等待者们都戴着耳机。

主任介绍说：“我们提供各种梦节目，让等待者们入睡前自由选择。有人选了几百部搞笑电视剧；有人选了全球旅游；有人在梦里很耐心地读大学，现在已经读了几十个学位。这位胖太太选了全套健身运动，在梦里认真锻炼，她梦见自己练成了魔鬼身材……”

我发现有一位先生没戴耳机。“他不喜欢做梦吗？”

“不，他做着他‘自产自销’的梦，因为他无法使用我们的耳机。”主任说，“他是一位音乐家，但他的耳膜坏了。他写出曲子，指挥乐队来演奏，却只看见他们吹着喑哑的喇叭，弹着沉默的钢琴，敲着无动于衷的鼓……”

“我知道了，”我点点头，“这很残酷，音乐家听不见音乐。那么，把我的耳膜捐给音乐家吧，让音乐和音乐家永远在一起吧。”

主任连忙替音乐家向我致谢，并得寸进尺地问道：“您不打算再捐点别的什么吗？”

我还没来得及表示，主任拉我来到另一间冰室跟前。

躺在这里的这个人，我不清楚他是黄种人还是红种人还是蓝种人，各种颜色他身上都有。主任说：“他是个画家，有时候找不到纸就画在自己身上。他想等别人捐给他一只眼睛。”

“他的眼睛有问题吗？”

“不，他的眼睛好好的，他希望别人捐给他一只有问题的眼睛。”

“怎么回事？”

“他希望拥有一只色盲的眼睛，能把太阳看成蓝的，把月亮看成绿的，把雪人儿看成是胭脂色的，这样他就能画出一个新奇有趣的世界了。”

我拍了一下手，说：“太巧了，我正好有这样一双色盲的眼睛。他不用等待了，我立刻可以换给他，因为我不想当画家，不想画蓝太阳、绿月亮和胭脂色的雪人。”

接着我又答应把我的舌头捐给一位厨师，他的舌头得了一种使他不能继续当厨师的病，叫“味盲”，胡椒面在他嘴里成了橙汁粉，并且他再也尝不出酱油和醋的区别。

再往前走，只觉得突然亮起一道闪电，这闪电轰隆一下把我劈成两半。等到这两半慢慢拼拢起来，我才看清，眼前躺着一位绝色女郎。

我问主任：“这样一个美丽得毫无缺点的人，她还想等待什么呢？”

主任说：“是这样的，有一天她收到一位诗人送她的诗，其中有一句，‘我是你脚趾甲上的一只苍蝇’。她就老是在心里想着这句诗，总觉得很不舒服。十天以后，她的脚趾甲上真的生出一个苍蝇形状的黑点，洗不掉，擦不掉，用刀刮也刮不掉。她是不能容忍身上有一丝一毫的瑕疵的，所以也来到等待中心……”

啊，追求完美，如此彻底，真让我感动了。能为这样高标准的美人贡献一片脚趾甲，也算是我的幸运吧。

看过美人以后，别人就显得惨不忍睹了。美人隔壁那位，不但面容丑陋，肢体都是残缺的，他的两个巴掌上竟然没有一根手指头。

主任介绍说：“这人是个小偷，一个老想改行的小偷。他发誓再不偷了，他的决心很大，一刀剁掉了一个手指头。就这样他发了十次誓……他相信，如果有人愿意捐给他十个手指头，他肯定会用它们干好事。”

“但是我不相信。”我说。虽然我以后捐出手指的时候自己已经不需要用手了，可是不能让我的干干净净的手指头被别人弄脏。

主任告诉我，他们中心有预览设备，可以看到捐献后的使用情形。

那好，我们就来预览一下吧。

于是主任立刻进行虚拟安装，将我的舌头、手指、耳膜、脚趾甲、色盲眼分配给各位等待者。

从屏幕上看到：

音乐家指挥乐队的姿势像挤奶，音乐就像牛奶一样流淌出来，将他浸泡着，飘荡着……

画家睁一眼闭一眼，睁着的自然是那只“有问题”的眼睛，他用它画出新奇有趣的太阳、月亮和雪人。

厨师一边炒菜一边品尝，而让我们品尝的是他那甜酸苦辣的表情。

没想到小偷真的改了行，他当了邮递员。以前他的动作是从里往外掏，现在改成从外往里塞。

那彻底完美了的美人，把那首苍蝇诗转赠给她暗恨着的一位朋友，希望她的脚趾甲上也长出黑点来。

预览过后，我正式签署了捐献意愿书，稍有更改的是，我决定捐出手指头，留下脚趾甲。

快乐诗人

他把自己叫作“快乐诗人”，一是因为他会写诗，二是因为他快乐。

他快乐，是因为他老是能写出诗来。他老是能写出诗来，是因为他老是有着快乐的心情。于是他的诗像热天的汗一样“刷刷”地往外冒。

他看见红红的太阳，诗就来了：“太阳啊，我能不能拍拍你，让你为我蹦几蹦？”

他看见烧饼，也有诗：“烧饼啊，你没有芝麻的话，不会这样香吧？”

……

他的诗从没发表过，他从没想过要去发表。他的家里人有一次听人说诗可以换钱，就用板车拉了他的一部分诗，去给一位专门拿钱换诗的杂志主编看。主编翻了翻，说："拉回去吧。不是不好，他的诗像叮当响的一串钥匙，开开门，只让他自己进去。"主编说对了，他写诗只为自己快乐，根本没想到要给别人看（尽管给别人看可以换钱，再可以用钱换快乐，但那样换来换去多麻烦）。

有时候他也会想："要是有一天，突然写

不出诗来了，怎么办？”但他总是不让自己往下想，怕这种想法使自己不快乐。所以他还能继续快乐下去，继续写快乐的诗。

他每天至少写诗三首——早饭前一首，午饭前一首，晚饭前一首。

一天，早上起来，他觉得有点不对劲。红红的太阳不见了，灰蒙蒙的全是雾。他有点快乐不起来了。没有快乐的心情，写诗也就困难一些了。雾气跟他的眼镜捣蛋，他得不停地擦镜片。早饭前的这首诗看来完成不了啦。

于是他立刻取消了早饭，把午饭改成了早饭：“早饭前一定要有诗。”

他提醒自己：要快乐一点，快乐一点，快乐一点……

他向自己警告：再不快乐起来，就要把晚饭也改成早饭，今天就要少吃两顿饭了。

可是快乐这东西是绝对警告不出来的。

一直到晚上，毫无成效。他越来越着急。

放点音乐试试？他叫家里人去找快乐的音乐。他请家里人体谅，他急着要写诗，今天一天里一首诗还没写出来呢。快去找！

音乐找来了。开始放音乐。怎么搞的？是一段忧伤得让人透不过气来的曲子。

他是肯定快乐不起来了！

但他忽然想：有不快乐的音乐，也就应该有不快乐的诗……“我可以写诗了。没法写快乐的诗，我可以写不快乐的诗——不快乐的诗也是诗呀。”

他一遍又一遍地放那段不快乐的音乐，想着不见了的太阳、眼镜上的雾气、被改成早饭的午饭和晚饭……

他一口气写出二十九首不快乐的诗和一首快乐的诗——他可从没一天写过三十首诗。为了这，他又快乐起来了。

电子琴密码

一

某工厂生产了十万架电子琴，其中有两架和别的电子琴不大一样。当然，这两份说明书也和别的说明书不一样：

祝贺你，幸运的孩子。你得到的电子琴不仅能弹奏乐曲，而且还能用它进行通讯——那种少年朋友之间的、往往不愿让爸爸妈妈知道的秘密通讯。

准确地说，这是我厂试制的一种电子琴式的收发报机。

说明书上还指示出“发报开关”和“收报开关”的位置。

除了说明书，装电子琴的大盒子里还放进了一本秘密电码。如果你想发出“你好”这两个字。密码会告诉你：“3535”代表“你”字，你在键盘上弹出“米索米索”就行；“好”是“6161”，对了，你得弹出“拉多拉多”。

瞧，说来简单，谁都会用，却不是谁都能得到这样的电子琴的呀。刚才说了，这样的电子琴只有两架。

男孩李虎成了两个幸运者之一。他翻阅着那本密码，高兴得以为在做梦。

正在李虎不知怎么办才好的时候，他的电子琴响了。奇怪，自己并没有弹它呀!

电子琴一遍又一遍地奏出同一段乐曲。

李虎仔细一瞧，发现电子琴后面的“收报开关”打开着。噢！他醒悟过来：这是那位没见过面的朋友正向他发报呢。

李虎赶忙先把听到的乐曲“米索米索，拉多拉多”

写成“3535，6161”，然后从密码本上查出，这是“你好”两个字。

李虎激动极了，他立即打开“发报开关”，以同样的热情在键盘上弹出：“米索米索，拉多拉多!”

不一会儿，琴中又奏出另一段乐曲，李虎一查，原来对方在问：“你是谁?”

李虎思考了一下，决定给自己起个代号，这样更神秘，更带劲。

他把这个代号告诉对方：“大侠。”接着他反问：“你

是谁?”

对方的答复同样神秘莫测:“仙子。”

尽管人家也没说出真名，却有一点可以断定：那是个女孩子。哪有男子汉自称“仙子”的呀。

看来对方也已猜到“大侠”是个男孩，因为她这样问道:“大侠欺负女孩子吗?”

李虎立刻回电否定:“不。”这个字他是红着脸回答的，幸亏对方看不见。“不”字可以被理解为“不曾有过”，不过李虎的意思其实是:“以后不再会有这种事了。”不过这样回答显得太没英雄气概了，所以他又补一句:“谁敢欺负你，大侠会教训他。”

“谢谢大侠。”

“仙子常常给男同学吃白眼吗?”李虎趁此机会反守为攻。

他等待着回答。可是这回没动静了。

李虎又认真重复了一遍。奇怪，再也没听见乐曲传来。

怎么，那女孩生气了吗？李虎有点懊悔。但他是很有男子汉派头的，他从不请求女孩的原谅。

二

联系就这样中断了。

但李虎还老想着这事儿。那位“仙子”怎么个模样？不知怎么的，李虎认定她长得比全班——不，比全校的女生都要好看。她多大呢？……

第二天放学后，在和昨天差不多的时间，李虎忍不住主动向“仙子”发报了——当然他还是不肯请求原谅，只是装做没发生过什么事似地照旧来了句问候：“米索米索，拉多拉多！”

李虎正准备多重复几遍，没想到回电立即来了，也是：“米索米索，拉多拉多！”

哈，原来那女孩也正急等着通电报呢。

“大侠也做作业吗？”她又提了个新问题。

真正的大侠也许是不用做作业的吧？李虎想。不过，大侠们得天天练功，这就可以算是做作业吧。于是李虎照实答道：“做作业的，还挺够呛的呢。”

那边停顿了一会儿，忽然建议道：“我们对对答案好吗？先对算黄瓜的那道题怎么样？”

“同意！”李虎喜出望外。上自习时，同桌的女生总是用膀子把作业本挡得严严的，生怕被他偷看了答案。哼，谁稀罕你呀！想不到“仙子”这么大方。而且这样一来，李虎知道那女孩和自己一样大了，因为作业相同，今天的习题里确实有一道算黄瓜的题呀。

李虎赶紧来做作业。平时他做作业很快，不管是对是错，一阵风似的做完拉倒。可今天他不敢马虎了，要是做错了，可让人家瞧不起呀。他仔细求出了答案，还准备再验算一遍。

电子琴响了，对方在问：“怎么这么慢？”

李虎急忙回电：“马上就好！”

这时爸爸走了进来，他皱起眉头：“小虎，怎么边做作业边弹琴？太不专心了！”

李虎在心里说：“爸爸您不知道，我比任何时候都专心呢。”爸爸转身走开。

电子琴又响了，对方说的是：“我爸爸来了，明天再聊。”

啊，李虎想，这又是一个相同之处，她也有一个严厉的爸爸。

不料，李虎爸爸听到琴声又走了回来，这次他的脸色更难看了："叫你专心做作业，你又弹琴！"

李虎急得脱口而出："我没弹！"

爸爸很生气："我明明听见琴声，你没弹，还有谁弹?!"

"是……"李虎为难死了。不，无论如何不能泄露和"仙子"通电报的事，这是只能藏在心里的秘密，宁愿受天大的委屈，也要守口如瓶。

想到这儿，李虎把胸一挺，把脸一扬："就算我弹的吧！"

爸爸脸都青了："小虎！还有一个星期就要期中考试了，你还这样吊儿郎当，满不在乎！干脆，我把这琴没收了！"

李虎这下慌了，他紧抱着电子琴大声抗议："不行，您不能没收！不行！"

"我跟你说，"爸爸正色宣布，"我先把琴锁起来，要是你这次语、数两门都考不到七十分以上——不，八十分以上，我就把琴砸了！"

李虎知道爸爸从来说一不二，而且劲又大，根本犟不过他的。只好可怜巴巴地说："那，要是我考得好的话，就把琴还给我吧?"

“那当然。”

爸爸从李虎手里夺过电子琴，“咣”地锁进柜里了。

三

又过了一天。

到发报时间了。

李虎听着柜子里发出“米索米索，拉多拉多”的电子琴声，又是感动，又是无

可奈何。

又过了一天。

“仙子”仍在柜子里向“大侠”问好。爸爸听见琴声忙跑进来，李虎急中生智地打开收录机，震耳的立体声音乐立刻把爸爸弄得昏头胀脑。

可是，由于李虎一直没法回答对方，柜子里的琴声响了几天终于消失了。

李虎以从没有过的劲头对待考前的复习。他别无选择。他无论如何要夺回这架非同一般的电子琴。

四

考试成绩公布出来：李虎语文考了八十五分，数学考了九十分！

爸爸捧着成绩报告单，又惊又喜地说：“大有进步，大有进步啊！”

“把电子琴交出来！”李虎迫不及待地大声吼道。

爸爸愣了一愣，“噢！”他去打开了柜上的锁。

李虎急忙发起报来：“大侠呼叫仙子！大侠呼叫仙子！请立即回电！……”

“你在弹什么怪曲子?”爸爸听了好一会儿，没听出什么名堂。

李虎不耐烦地一挥手：“听不懂拉倒!”

“这是什么?”爸爸又顺手抓起那本电子琴密码翻了起来。李虎伸手去抢，被爸爸躲过了。“大概是一本生字表吧?”爸爸自说自话地猜测着。

“是的，是的!”李虎一把夺过密码本，揣进书包里。

“大侠呼叫仙子！大侠呼叫仙子!”李虎继续发报。爸爸摇摇头走开了。

折腾了半天，也没得到一点回音。“都怪爸爸!”李虎恨恨地叹一口气，只好把琴收起来。

但就在这时，电子琴轻轻响了一下，好像在试音。李虎立刻屏住呼吸。

紧接着，琴中传出优美的舞曲，这是大家熟悉的《溜冰圆舞曲》：“米——索拉拉，法——拉西西……”

李虎正高兴呢，可是用密码一翻译，这舞曲的意思竟是：

“讨厌极了，讨厌透了……”而且只弹了几句，就突然停下，再没动静了。

李虎呆住了。

五

到了学校，一进校门李虎就跟想来同他开玩笑的同学干了一架，他正没处出气呢。

上课时，班主任老师对大家说："刚才校长在操场上捡到一本密码，叫各班查一查是谁掉的。"

"什么密码?"

"是开保险箱用的吗?"

同学们七嘴八舌地嚷了起来。

李虎一掏书包，糟了，刚才和同学干架时……他顿时变了神色。

"安静，同学们!"班主任老师说，"这本密码的封底上注明着：'供电子琴式收发报机使用'。那么就是说，现在有一种能发电报的电子琴，可以用来秘密联系……"

"太有意思了!"

"唉，我家那架破电子琴可发不了电报。"

"老师，这种电子琴哪儿有卖的?"

同学们的热烈反应又使老师说不下去了。

老师再次要求大家安静："我认为，同学们还很幼稚，进行这种脱离家长和老师的秘密联系是很危险的。我们班上有没有这样的同学呢?”

老师的目光扫来扫去。李虎的心儿怦怦跳。虽然这本密码他已能背下来，掉了也无所谓，但要是和“仙子”通电报的事被查出来，那多难为情呀。

班主任老师又道：“我对校长说：‘这本密码不大可能是我们班上的，因为同学们的日记我都看过，我了解同学们。’……”

李虎这才放下一颗心。是的，老师让大家写日记，交日记，把学生日记当作课外作业来批阅，说这样一来可以练习写作，二来可以让老师了解同学们的思想情况。但李虎觉得有很多心里话是没法写到这种必须上交的日记里去的。

“尽管这样，给大家敲敲警钟也是有必要的吧，我们还要去给生产这种电子琴的工厂提意见！”老师最后说道。

李虎不知道，班上还有一个人和他同样紧张，这就是那个代号叫“仙子”的女生；她当然也不知道，她老惦记着的“大侠”每天和她同桌坐着。自从“大侠”与她失去了联系，她总以为他出了什么事，时时为他担

心。这“大侠”真有能耐，上次他答应帮忙以后，也不知怎样“教训”的，同桌男生似乎变得文雅多了，虽然还是很少和女生说话，但他不大欺负人了。今天这个密码本的出现，“仙子”看作是“大侠”要和她恢复联系的一个信号——当然，一般人不会这样干的，可他是“大侠”呀。

六

“仙子呼叫大使，仙子呼叫大侠!”

“我是大侠！我是大侠!”

“我真高兴，总算又联系上了。”

“我真快活，你总算不生气了。”

“我没生气呀!”

“那前天的《溜冰圆舞曲》?”

“准是我表姐瞎弹的。前些日子你怎么失踪啦?”

“都怪我爸爸……”

七

李虎和同桌女生仍然很少说话。但“大侠”和“仙子”的联系越来越密切了。他们谁也不再追问对方的真实姓名，都觉得这样就挺好。他们不认为这样做有什么坏处。

校科技小组的几个尖子组员将一架电子琴改装成收发报机(这当然是因为在“密码风波”中受到了启发)，已经试验成功。他们准备为每个买了电子琴而又希望进行这种秘密通电报的同学提供帮助——当然，这种帮助也只能在秘密状态下进行。

这么多电子琴发起报来，那就热闹啦。